Das Paradies im Schnee

Rudolf Stratz

Impressum

Autor: Rudolf Stratz
Umschlagkonzept: toepferschumann, Berlin

Verlag: tradition GmbH, Hamburg
ISBN: 978-3-8424-1302-3
Printed in Germany

Ziel der TREDITION CLASSICS ist es, tausende deutsch- und
fremdsprachige Klassiker wieder in Buchform verfügbar zu
machen. Die Werke wurden eingescannt und digitalisiert. Dadurch
können etwaige Fehler nicht komplett ausgeschlossen werden.
Unsere Kooperationspartner und wir von tredition versuchen, die
Werke bestmöglich zu bearbeiten. Sollten Sie trotzdem einen Fehler
finden, bitten wir diesen zu entschuldigen. Die Rechtschreibung der
Originalausgabe wurde unverändert übernommen. Daher können
sich hinsichtlich der Schreibweise Widersprüche zu der heutigen
Rechtschreibung ergeben.

Tucholsky Wagner Zola Scott Sydow Freud Schlegel
Turgenev Wallace Fonatne Friedrich II. von Preußen
Twain Walther von der Vogelweide Fouqué
Weber Freiligrath Frey
Fechner Fichte Weiße Rose von Fallersleben Kant Ernst Frommel
Engels Fielding Eichendorff Richthofen
Fehrs Faber Flaubert Hölderlin Tacitus Dumas
Maximilian I. von Habsburg Eliasberg Ebner Eschenbach
Feuerbach Ewald Fock Eliot Zweig Vergil
Goethe Elisabeth von Österreich London
Mendelssohn Balzac Shakespeare Ganghofer
Trackl Lichtenberg Rathenau Dostojewski Gjellerup
Mommsen Stevenson Doyle
Thoma Tolstoi Lenz Hambruch Droste-Hülshoff
Dach Verne von Arnim Hägele Hanrieder Humboldt
Karrillon Reuter Hagen Hauff Hauptmann Gautier
Garschin Rousseau
Damaschke Defoe Hebbel Baudelaire
Descartes Hegel Kussmaul Herder
Wolfram von Eschenbach Dickens Schopenhauer Rilke George
Bronner Darwin Melville Grimm Jerome Bebel
Campe Horváth Aristoteles Proust
Bismarck Vigny Barlach Voltaire Federer Herodot
Gengenbach Heine
Storm Casanova Tersteegen Grillparzer Georgy
Chamberlain Lessing Langbein Gilm Gryphius
Brentano Lafontaine
Strachwitz Claudius Schiller Schilling Kralik Iffland Sokrates
Katharina II. von Rußland Bellamy Raabe Gibbon Tschechow
Gerstäcker
Löns Hesse Hoffmann Gogol Wilde Vulpius
Luther Heym Hofmannsthal Klee Hölty Morgenstern Gleim
Roth Heyse Klopstock Kleist Goedicke
Luxemburg Puschkin Homer Mörike
Machiavelli La Roche Horaz Musil
Navarra Aurel Musset Kierkegaard Kraft Kraus
Nestroy Marie de France Lamprecht Kind Kirchhoff Hugo Moltke
Nietzsche Nansen Laotse Ipsen Liebknecht
Marx Lassalle Gorki Klett Ringelnatz
von Ossietzky Leibniz
May vom Stein Lawrence Irving
Petalozzi Platon Knigge
Sachs Pückler Michelangelo Kock Kafka
Poe Liebermann Korolenko
de Sade Praetorius Mistral Zetkin

Der Verlag tradition aus Hamburg veröffentlicht in der Reihe **TREDITION CLASSICS** Werke aus mehr als zwei Jahrtausenden. Diese waren zu einem Großteil vergriffen oder nur noch antiquarisch erhältlich.

Symbolfigur für **TREDITION CLASSICS** ist Johannes Gutenberg (1400 — 1468), der Erfinder des Buchdrucks mit Metalllettern und der Druckerpresse.

Mit der Buchreihe **TREDITION CLASSICS** verfolgt tradition das Ziel, tausende Klassiker der Weltliteratur verschiedener Sprachen wieder als gedruckte Bücher aufzulegen – und das weltweit!

Die Buchreihe dient zur Bewahrung der Literatur und Förderung der Kultur. Sie trägt so dazu bei, dass viele tausend Werke nicht in Vergessenheit geraten.

»An meine Söhne und Enkel.
Zu öffnen ein Jahr nach meinem Tode.«

So habe ich auf den versiegelten Umschlag dieser Schrift geschrieben. Wenn Ihr die Siegel brecht – Ihr, meine Söhne – und Ihr vom übernächsten Geschlecht, so öffnet Ihr mit diesen dann längst vergilbten Blättern eine Beichte der Schuld und der Reue. Einer Schuld, die mein Leben lang in mir schlief. Einer Reue, die mein Leben lang in mir wachte.

Ihr, meine Söhne, habt dann vielleicht schon längst Euren Söhnen berichtet, was Euch selbst nur noch durch Hörensagen zukam: daß ich, Euer Vater, in jungen Jahren ein Mensch war, der das Leben unbedenklich in durstigen, allzu durstigen Zügen trank – gleichviel, wo seine Quellen schäumten –, für den Leben Lachen hieß und Lachen Lieben – und der über Nacht ein anderer wurde – unversehens – inmitten des fröhlichsten Walzertraumes, unter der heißen Wintersonne des Engadins – kurz vor seiner Hochzeit – und der das zeitlebens blieb, was er da wurde, der ernste Mann der Pflicht und Arbeit, als den Ihr und seine Nächsten, seine Freunde, alle Welt ihn kennt.

Aber das Rätsel dieser Wandlung kennt von Euch allen keiner. Dies Rätsel lösen diese Blätter. Diese Blätter sollen beichten, was nur drei Menschen auf Erden, während ich dies schreibe, wußten und wissen. Ich – meine heißgeliebte Frau, Eure Mutter – und noch einer – den ich nicht kenne, von dem ich nicht weiß, wie er hieß – wer er war – von wo er kam und in mein Leben trat ...

Ich schreibe es nieder, wie es war. Es ist Zeit genug seitdem vergangen, daß ich mich selbst in der Entfernung der Jahre klar, fast als einen Fremden vor mir sehe – in doppelter Gestalt, Richter und Angeklagter zugleich.

Namen? Namen sind Schall und Rauch. Namen erben das Verhängnis vergangener Tage auf schuldlose Geschlechter fort. Ich nenne hier keinen Namen. Die Vornamen, die ich nenne, sind falsch.

Nur der Name meiner Frau ist echt – goldecht, wie sie selber. Du bleibst in diesen Blättern, wie du damals warst, du meine geliebte Frau – und was du mir seitdem warst – diese langen Jahre hindurch

5

– und hoffentlich noch ein langes Leben lang, bis unsere Haare weiß geworden sind wie der Schnee des Engadins und unsere Herzen heiß geblieben sind zueinander wie die Sonne des Engadins.

Denn den Ort, wo alles geschah, will ich melden, weil nur in seiner Umwelt das geschehen konnte, was geschah. Es ist die Winterwelt über den Wolken, der Süden unter blauem Himmel in weißem Schnee, es ist das Alpenhochland, in dem heiße Sonnenglut und eisiger Firnhauch ineinanderfluteten wie Tod und Leben. Und zwischen Tod und Leben ging damals mitten durch den bunten Jahrmarkt winterfrohen Treibens einer auch mein Weg in dem Alpendorf.

Es war eiskalter Winter, als ich durch die Schweiz dorthin fuhr. Nebel hingen in den tief verschneiten Tälern; durch fahles Grau der Luft und bleiches Weiß der Hänge wand sich der Zug aus Chur empor, neben sich zur Seite, zur Seite der Kehren und Galerien die finster starrende Wildnis der Albulaschlucht. Tunnel auf Tunnel. Eine Viertelstunde fast, eintönig donnernd, durch die Nacht eines Berges. Die Welt wird licht! Das war nicht mehr der kranke Tagesschein der Täler wie bisher. Goldbahnen der Sonnenfluten über dem Schnee. Tiefblau leuchtend wölbt sich der Himmel. Strahlende Helle – die Helle der Höhe – des Engadins – blendet die Augen.

Diese Augen des Malers, des Landschaftsmalers, der gekommen war, zu sehen und dem, was er sah, auf der Leinwand leuchtendes Leben zu geben.

Im Gepäcknetz oben, im Abteil, hatte ich mein nötigstes Handwerkszeug bei mir: Skizzenbuch und Pastellstifte, um die köstlichen, nur Minuten währenden Farbenspiele von Sonne, Luft, Licht, Schnee, Himmel, Gletscherglanz in fliegenden Strichen festzuhalten. Wasserfarben wären mir jetzt im Winter im Pinsel eingefroren. Staffelei, Palette, Ölfarben, das war die spätere Sorge im Atelier. Im Kampf mit dem grimmen Winter stand man draußen nur auf Vorposten der Kunst. Spähte, skizzierte, brachte hastig heim, was man dem Tod durch Frost und frühe Nacht in den haushoch verschneiten Bergschlünden geraubt. Neben der Skizzenmappe lag mein alter, bewährter Eispickel, der mich schon auf alle Gipfel Europas begleitet. Lag gerollt das rot durchwirkte, vom Alpenklub geprüfte Gletscherseil aus bestem Manilahanf, das, wenn es not tat, ohne zu zerreißen, zwei abgestürzte Menschenkörper hielt. Mein Koffer barg, neben dem Malgerät, die Ausrüstung eines Nordpolfahrers: Ohrenklappen – Pelz – hohe Filzstiefel. Mein riesiges neues Atelier war das Engadin. Meine künftigen Modelle die Bergungeheuer. Sie waren bequemer als andere. Sie wurden in alle Ewigkeit nicht müde. Sie hielten regungslos still. Denn sie waren tot. Aus ihnen kam der Tod ... Sein Hauch streifte in den nächsten Tagen nicht nur meinen Leib, sondern auch meine Seele.

Meine erste Frage im Hotel war, ob meine Braut mit ihren Eltern schon angelangt sei. Die Ungeduld des Verliebten gab mir die Frage ein. Eigentlich konnte ich Mara noch nicht erwarten. Sie kam vom Süden her – aus dem Frühling der oberitalienischen Seen. Sie hatte von Chiavenna aus mit dem Schlitten die Fahrt über Maloja durch das ganze Oberengadin vor sich. Es mochte Abend werden, bis ich sie in meine Arme schließen konnte ...

Indes war es noch klarer Spätnachmittag. Noch kaum ein Ahnen von Abendkälte und Mitternachtschwarz in der fast klaren, eisdünnen, von den Sonnenstrahlen durchzitterten, belebten, durchglühten Luft. In tiefen Zügen genoß ich diese trockene, herbe, das Blut durchpulsende, die Wangen rötende, das Herz aufmunternde, feurig wie Firnwein zu Kopf steigende Luft des Engadins, während ich vor den Gasthof trat – halb sommerlich gekleidet – ohne Mantel, wie hier alle Welt, die sich zwischen Schneehügeln auf den Bänken sonnte, auf den Wegen schlenderte, auf den Sportplätzen tollte und rundum stand und zusah. Lachen tönte. Laute in allen Sprachen. Rufe beim Spiel. Schellengeläute. Musik. Unten, fern, irgendwo in den Tiefen schon dämmernder Täler hausten Ungeheuer. Lindwürmer, die Not und Sorge – Drachen, die Tagesmüh, Krankheit, Weltschmerz heißen. Hier herauf wagten sie sich nicht. Die sonst unzertrennlichen Begleiter des Menschenlebens. Sie starben an dieser heißen Sonne, diesem hellen Lachen, diesem flinken Sprung und Schwung nervig gestählter Körper von Männern und Frauen. Sie verwehten wie Gespenster am hellen Tag.

Eine Welt des Augenblicks. Eine Welt des Glücks. Ich paßte in sie hinein. Ich war glücklich. Jung, gesund, stark, sorgenfrei und schaffensfroh. Verliebt und verlobt. Ich streckte die Arme aus. Ich atmete aus tiefer Brust. Ich freute mich auf meine Braut. Ich freute mich über die Sonne und die Menschen unter der Sonne. Ich freute mich auf morgen. Ich freute mich des Lebens und auf das Leben. So ging ich hinaus in dies Paradies im Schnee ...

Und mein Geschick erfüllte sich, daß der Schnee zu brennen anfing und Flammen aus dem Eis schlugen ...

Verborgen wie die Wasser der Gletscherschlünde unterirdisch durch die stille Nacht rauschen, so rinnen die Lebensläufe der Menschen. Ihre inneren. Ihre eigentlichen. Nicht, daß sie geboren wurden, eine Zeitlang da waren und starben. Das ist nur das Gleichnis und die Hülle für das stumme Irren und Suchen von Millionen von Seelen unter der Sonne, in das nur selten einmal ein klärender Lichtstrahl der Außenwelt hineinleuchtet. Das meiste im Menschen rinnt in ewiger Nacht wie die Bäche im Gletscher, so wie sie, befreit durch das Eistor der Moränen, zu den Menschen strömen, so möge durch das Tor des Todes – wenn ich nicht mehr bin – das, was ich, den Menschen unbewußt, mitten zwischen ihnen durchlebte, zu den Menschen gelangen.

Ich schlenderte achtlos durch das Dorf. Ich dachte an meine Braut und lächelte. Ich dachte – vielleicht dachte ich an nichts ... wozu immer denken? ... Denken die Sonnenlichter auf tausend körnig glitzernden Schneekristallen? Denkt diese windstille, nur ganz leise von Sonnenwärme durchzitterte Luft? Denkt der schlafende See da unten unter seinem verschneiten Eisspiegel? Eins sein mit der Natur – sie fühlen – in sich fassen – halten – sie im Bild erneuern – – wozu ist man Künstler, wenn man nicht mit offenen Augen träumen, sehen, suchen darf?

Suchen – finden – ohne daß man sucht, ohne daß man will, weil es das Schicksal will – das Schicksal führt – das Schicksal – gewaltig wie in der Griechensage über Göttern und Menschen – Und des Menschenschicksals Kern und Inbegriff: die Liebe ...

Ich suchte nicht die Liebe. Ich besaß sie ja. Ich war verlobt und verliebt – nein – mehr und besser: ich liebte meine Braut. Aus ganzer Seele und aus vollem Gemüt, so wie sie mich liebte und mit sehnendem Herzen jetzt unterwegs zu mir war. Und doch fand Liebe mich, und ich fand beinahe den Tod.

In was verliebt man sich bei einer Frau?

Man fragt es oft uns Künstler, die dem schönen Leib, man fragt die Dichter, die der schönen Seele der Frau in ihren Werken ewiges Leben schenken. Antwort fand noch keiner auf Erden.

Verliebt man sich in Gesicht und Gestalt? Tausend andere sind schöner! Verliebt man sich in die Stimme? In einen Blick aus tiefen Augen? Es gibt noch unergründlichere Augen in Evas Geschlecht. Verliebt man sich in ein Lachen? Eine Bewegung? Verliebt man sich in einen Zufall, der ein Menschenleben bestimmt?

Euch, die Ihr künftig diese Zeilen lest, will ich das Geheimnis vermachen, das, mir wenigstens, aus meinem Schicksal ahnend unbestimmt, unfaßbar, als letztes Rätsel aller Dinge, vor der Seele steht, so wie es aus dem jähen Sturm und der Windstille jener Zeit in mir noch jahrelang seine Menschenaugen verborgenen Wellen schlug und erst langsam allmählich im Frieden und Glück meiner Ehe bis zur Ruhe und Reife meiner jetzigen Tage verebbte: man verliebt sich in die Erinnerung ...

Erinnerung? ... An was? ...

An irgendeinmal ...

Irgendwo ...

Nicht in diesem Leben ... Lang – lang ist's her ... viel zu lange für Menschenhirn und Menschenherz, als daß sie es noch wüßten ...

Aber ein Ahnen ist geblieben – ein unbestimmtes – in wirren Schattenbildern, wie beim Erwachen aus dem Traum ...

Dem Erwachen von einem Leben zum andern. Im ewigen Rätsel der Welt.

Wir leben viele Leben. Ich bin kein Philosoph. Aber das scheint mir sicher. Nichts, was entsteht, geht zugrunde. Das lehrt die Wissenschaft. Also muß es sich in einer Form erneuern, die uns fremd scheint und die wir doch selber sind.

Wir leben viele Leben. So verkündet es schon Indiens uralte Weisheit. Wir vergessen eines über dem andern. Aber ein dunkles Bewußtsein bleibt, wie im Erwachsenen die Erinnerung an die erste Kindheitszeit. Ein dumpfes Sehnen will mitten in Lust und Leid der Welt um uns herum doch in einem nicht sterben. Das Haften des

Herzens an irgend etwas längst Gewesenem – das Aufschrecken wie aus tiefem Schlaf, wenn das Gewesene wieder wach wird ...

Sucherin ist die Menschenseele. Ewig sucht sie sich selbst. Sucht der Mann das Weib und das Weib den Mann – eins und doppelt – getrennt von dem grausamen Schnitt der Natur mitten durch nach jener letzten Lehre des griechischen Weisen Plato – und doch innerlich untrennbar, mit unsichtbaren Fibern und Fasern und Nerven zusammenhängend – eins sein wollen vom Urbeginn bis zum Ende – und doch selber nie eins werdend, sondern immer nur im nächsten, im neuen Geschlecht zu ewig neuem Spiel ...

Als ich sie an jenem Nachmittag zum erstenmal sah, da erfüllte sich wieder einmal dieses geheimnisvolle Gesetz – dieser Vorgang im Innern, für den ich keine andere Erklärung finde ... Irgendeine Urwelt wurde wach ... Von irgendwo nachwirkende Urkräfte nahmen von mir Besitz ...

An sich war da wirklich nichts Besonderes: Sie saß am Anfang der Crestabahn oben, mit ihren drei Gefährten rittlings, abfahrtfertig auf dem Bobsleigh. Das Zeichen war gegeben. Aber der Schlitten kam trotz des Stoßes der Stiefelabsätze nicht von der Stelle. Ich war zufällig der einzige in der Nähe stehende Zuschauer. Sie wandte vom Boden her den Blick zu mir empor, einen gleichmütigen Blick blauer Augen, der halb Lächeln, halb Befehl war, den Schlitten anzuschieben. Ich bückte mich und half, den Bobsleigh in Schwung zu bringen. Dabei sahen wir uns eine Sekunde an ...

Dann knirschten die Kufen, sauste der Schlitten, hoben sich die Arme, bogen sich die Oberkörper nach dem Takt des Vordermannes, hinter dem sie saß. Sie nickte im Davonhuschen freundschaftlich zu mir zurück ...

Freundschaftlich – gewiß – im Sinne des Sports. Dank an einen fremden Gentleman für irgendeine kleine Mühe ...

Und ich stand und sah ihr nach, wie der schwerbepackte Schlitten schief, scheinbar bis zum Kippen, auf halber Höhe der steilen Eiskurven hinschoß, immer kleiner wurde, verschwand.

Soll ich sagen, daß sie schön war? Sie war es. Aber mir war sie es in diesem Augenblick nicht. Das war sie mir erst später. Für ein Malerauge konnte sie es in diesem Augenblick immer nur in Umrissen, in der Ergänzung durch die Einbildungskraft sein. Die Vermummung des Wintersports raubt einer Frau nicht ihre Reize, aber sie verbirgt sie. Das reichste Haar verschwindet unter der farbigen Zipfelmütze, der zarteste Hals unter dem Schal, die schlankste Gestalt läßt sich unter den dicken Hüllen nur noch ahnen, die Hände stecken in fest gestrickter Wolle und Stulpen, die Füße in überderben Schuhen.

Nur die Augen, die trugen keine Schneebrille wie bei Gletscherwanderungen. Die lachten, kalt und tiefblau wie der Winterhimmel über uns, mir über die Schulter beim Abfahren während des Bruchteils einer Sekunde kameradschaftlich zu.

Eine Kameradschaft – aber nicht von eben jetzt. Nicht von gestern. Da war auf einmal in mir diese übermächtige Empfindung – diese feierliche Helle: Wir haben uns wieder einmal gefunden – wir beide – wie schon so oft im früheren Leben ...

Nicht, daß es mir bewußt wurde – aber irgend etwas dämmerte in mir: So haben wir beide schon zusammengekauert, in Renntierpelze gehüllt, in Höhlen der Eiszeit gesessen und das Mark aus den Knochen des Mammuts geschlürft. So stiegen wir vielleicht, blondmähnig, wild, Germane und Germanin, in die Völkerwanderung und diese Schneetäler hinab zu den Gefilden des Römerreichs. Für dich brach ich die Lanze in jenem Turnier, und es dunkelte im Sturz vom Roß wieder einmal vom Tod für dich vor meinen Augen. Glockenklänge summen dazwischen – düsteres Schicksalsläuten – von einer sündigen Nonne und einem gottvergessenen Mönch – sie mußten beide sterben – sie sind schon oft gestorben – miteinander – füreinander – sie leben immer wieder – sie finden sich immer wieder – unter der Larve des Tags – im bunten Maskentreiben des Lebens – in der Fastnacht auf dem Eis und in weißem Schnee – hier unter dem Zeichen des Engadins.

Ein Glücksgefühl? – Nein – ein seltsames, feierliches, über alles Irdische hinausgehendes Ahnen. Und in diesem Ahnen – so wunderlich es klingt – eine tiefe, gewaltige, die ganze Seele erfüllende Trauer. Das Nachzittern eines erhabenen und furchtbaren Schicksals, das schon einmal uns beide – sie und mich – ereilt hatte. Irgend etwas Entsetzliches war schon einmal – irgendwo und irgendwann mit uns geschehen. Das bebte in uns nach. Das lag in unserm stummen Erkennungsblick: Weißt du noch?

In ihren kühlen blauen Augen hatte ich nichts derlei gesehen. Das Merkwürdige war, daß ich mir darüber keine Gedanken machte, ich dachte überhaupt nicht nach. All das, was ich hier schreibe, wurde mir erst nachträglich klar. Ich war auch vollkommen ruhig. Ich handelte wie selbstverständlich und doch wie unter einem Zwang. Ich ging mit raschen Schritten hinunter ins Tal nach Cresta. Auf der Landstraße, die von da nach dem Dorf emporführt, kam mir langsam ein Pferdeschlitten entgegen, in dem saß sie, der Bobsleigh baumelte leer hinten dran an einem Strick. Ihre drei Begleiter gingen in einiger Entfernung in einer Reihe zu Fuß hinterher.

Ich hielt ein winziges goldenes Zigarettendöschen in der Hand. Das hatte ich oben auf der Abfahrtsstelle im Schnee liegend glitzern gesehen und aufgehoben. Es mußte ihr beim Aufsitzen auf den Rennschlitten entfallen sein. Ich hielt es in die Höhe. Sie sah es, sprang mit einem elastischen Satz aus dem Schlitten und kam über die Straße auf mich zu. Nun, wo sie aufrecht in dem weißen Pullover und den schwarzen Breeches ging, sah man, daß sie groß und schlank war, von federndem Wuchs. Ihr schönes, von der kalten Luft belebtes Gesicht war selbst kalt und heiter wie der scheidende Sonnentag über Firn und Schnee.

»Gott sei Dank!« sagte sie erfreut und griff nach dem Etui. Sie nahm sich gleich eine der Zigaretten, rauchte und bot auch mir eine an. Nebeneinander gingen wir zu dem Dorf hinauf.

Ich nenne sie Konstanze. Sie hieß anders. Es ist gleich. Ich sage nicht, ob sie Frau, Mädchen oder Witwe war. Denn es ist für diese Begebenheit hier ohne Belang. Sie lebt noch, während ich diese Zeilen schreibe. Ich weiß es. Sie – das heißt: derjenige Mensch, der sie wirklich war und ist – ein Mensch wie andere – nicht das Urbild – das Irrlicht seit Erschaffung der Welt, das mir in ihr in jenen Stunden zu Leben und Blut wurde. Ich fragte sie, wie die Fahrt verlaufen. Sie nickte lachend. Gut! Die Zeit war leidlicher Durchschnitt! Die Bahn konnte besser sein. Es gab rauhe Stellen. Ein Hündchen hatte sich darauf verirrt. Wegen so eines Köters konnte man Arme und Beine brechen. Wir schwatzten Sportgesimpel bis zum Hotel. Ganz unbefangen von ihrer Seite. Solange sie dicke Wolle, Doppelsohlen, Gletscherstrümpfe und bauschige, tuchene Kniehosen trug, schienen ihr die Männer gute Kameraden.

Und ich? ... Ich trank die Schönheit ihres Gesichts. Ich versank in der blauen Tiefe ihrer Augen. Ich schlürfte ihre Stimme. Ihr Lachen. Ich war stumm und ließ sie reden. Vor dem Hotel blieb sie stehen. Sie wohnte im gleichen Haus wie ich. Sie nickte mir flüchtig zu, während ihr Gesichtsausdruck dabei schon wieder etwas Fremdes und Gleichgültiges bekam, so wie man sich von irgendeinem Fremden trennt. Sie stampfte sich die Eisbrocken von den Schnürschuhen und trat ein. Ich stand noch draußen auf dem Platz im Schnee. Der Abend graute schon. Von allen Seiten kamen die Sportsleute heim und bevölkerten zunächst, ehe sie sich für den Abend umzogen, die Fünfuhrtees der Hotels und Konditoreien. Die fahlgewordene Luft, aus der alle verklärende Leuchtkraft der Sonne gewichen war, wurde rasch schneidend kalt. Aber in mir war eine zitternde Wärme. Ein tiefes, befreites Aufatmen. Ein Ruf – ein Echo aus weiter Ferne: Ich bin da! Ein unerklärliches: Endlich – endlich hab' ich dich wieder...

Und darum nicht die Unrast – das Herzhämmern – das Freudvoll und Leidvoll des Verliebten – sondern eine erfüllte, große Ruhe. Eine Vollendung. Endlich ist die Welt vollkommen. Ich habe sie gefunden...

...und weiß, daß ich sie wieder verlieren werde – verlieren muß. Und daher die Tränen im Lachen. Die tiefe Wehmut im Glück. Der Durst nach dem Rausch der fliehenden Stunde. All das, was ich liebe, heißt...

Nein. Nicht Liebe. Leidenschaft!

Alles, was ich tat – oder vielmehr, was mit mir geschah, während eine fremde, schattenhafte Riesenhand die meine führte – alles war nur der Kampf zwischen Feuer und Wasser, Tag und Nacht, Leben und Tod – der Kampf zwischen Liebe und Leidenschaft, die beide zu gleicher Zeit in meiner Seele wohnten.

An jenem Abend, wie gesagt, war in mir noch kein Widerstreit der Gefühle und der Pflichten, wie er in den nächsten Tagen mich zerriß. Meine Braut war ja noch nicht da. Und in mir war nur eine tiefe, träumerische Müdigkeit, wie nach Erreichung eines langgesuchten Zieles ...

Ein Mann trat, knapp die Mütze lüftend, auf mich zu. Er war in Lodenrock und Kniehosen, ein gerolltes Gletscherseil um die Schulter, den Eispickel in der Hand. Ich hielt ihn für einen Bergführer, der mir seinen Dienst anbieten wollte. Ich war daran, eben mit der Hand abzuwinken. Denn ich bedurfte keines Führers. Ich war seit Jahren gewohnt und geübt, allein in die Berge zu gehen. Nicht, um mit ihren Gefahren zu spielen, die jetzt im Winter die zehnfachen waren. Aber die Nähe dieser bärtigen, pfeiferauchenden, wetterbraunen, prächtigen Männer und Mietlinge verbannte mir alle guten Geister der Kunst und des Schauens, wenn vor mir in heiliger Höheneinsamkeit die weiße Märchenwelt ihre Wunder und ich andächtig die weißen Blätter meines Skizzenbuches öffnete.

Aber da erkannte ich: das war kein Führer. Das war ein Einzelgänger der Berge wie ich.

Ein Mann in meinem Alter. Das von der Gletschersonne verbrannte, bartlose Gesicht noch jung. Aber ein tiefer, stummer Ernst über seine Jahre hinaus um den Mund und in den Augen. Ich hatte diesen Mann nie anders als in diesem stillen Ernst gesehen. Getroffen hatte ich ihn wohl schon ein halbes dutzendmal – nicht unten in den Tälern – unter den Menschen – sondern in der Welt über den Wolken, in den einsamsten und entlegensten Klubhütten. Bei dem gemeinsamen Nachtlager auf der Pritsche unter Wolldecke, in tiefer Stille oder Sturmgeheul draußen vor den niederen Steinwänden hatten wir über dies und jenes geplaudert. Er sprach Deutsch wie ich. Aber welches seine Nationalität war, das war mir nicht bekannt. Er nannte sich Morris. Ich wußte und hatte es selbst gesehen, daß er für einen Gletschermann ersten Ranges gelten konnte.

»Sie wollen in die Berge?« fragte er ohne Umschweife.

Ich bejahte. Zerstreut. Eigentlich dachte ich in dieser Stunde nicht an die Berge.

»Ich kam gestern an. Ich machte heute eine Rekognoszierung in das Bernina-Gebiet. Es liegt zu wenig Winterschnee. Die Gletscherspalten sind schwach überbrückt. Es ist dieses Jahr sehr gefährlich.«

»Gott sei Dank ist es gefährlich!« sagte ich, nur mit halbem Ohr zuhörend; »sonst liefe ja jeder hinauf und störte einen.«

»Trotzdem wäre es ausnahmsweise besser, sich anzuseilen und zu zweit zu gehen!«

Während er das sagte, fiel mir ein: Das ist ja kein treuherziger, ungebildeter Führer! Dieser ernste, wortkarge, zurückhaltende Mann verdirbt mir nicht die Stimmung! Er weiß, daß ich Maler bin. Seine Nähe, seine Ruhe, seine Bergerfahrung können mir von Nutzen sein.

»Einverstanden!« sagte ich, und plötzlich schoß mir eine Welle heißen Bluts vom Herzen zum Kopf ... »Aber morgen kann ich noch nicht aufbrechen. Ich erwarte meine Braut!«

Morris schaute nicht erst nach den Wolken an dem klaren Himmel, an dem schon die ersten Sterne strahlend funkelten. Er spähte in der hier stets unbewegten Luft nicht nach der Windrichtung, wie man es im Sommer, am Vorabend des Aufstiegs, in Grindelwald und Zermatt tut. Hier war jeder Tag wie der andere. Eine Dreifarbigkeit von Himmelblau, Sonnengold und Schneeweiß. Es kam auf einen Tag früher oder später nicht an.

»Gut! Sprechen wir morgen um diese Zeit weiter darüber!« sagte er und bückte sich auf die Erde nach seinem kleinen Dachshund. Dieser schwarzbraune Teckel – jetzt entsann ich mich – war sein unzertrennlicher Begleiter. Morris führte ihn bei Tag und Nacht mit sich. Wenn das Tierchen über Gletscher und auf Eishängen auf seinen vier eigenen Pfoten nicht mehr mitkonnte, steckte er es einfach in seinen Rucksack. Der kluge, kleine Krummbein war schon daran gewöhnt. Er war eine Art alpine Berühmtheit. Denn er war sicherlich der einzige Hund in Europa, der die Welt schon, geschäftig im Schnee schnoppernd, vom Gipfel des Montblanc und des Matterhorns aus betrachtet hatte.

Morris hatte seinen kleinen Freund – vielleicht den einzigen, den er besaß – eingepackt, grüßte und verschwand mit dem langsamen, schweren Schritt des müden Bergsteigers im Dunkeln. Ich ging ins

Hotel. Man meldete mir, daß man noch nichts von meiner Braut und ihren Eltern wisse. Ich nickte wie im Traum. Ich fuhr im Lift in mein Zimmer hinauf und zog mich um wie im Traum. Ich stieg wieder hinunter wie im Traum.

Noch nichts von meiner Braut. Aber da unter der Palme in der Ecke war ein Wunder. Da saß sie. Die andere.

Nicht mehr der frische Sportkamerad der Männer von vorhin. – Jetzt war sie Weib. Ganz Weib. Die Winterröte war aus den Wangen gewichen. Sie war blaß. Mit einem gesunden, leuchtenden, lebenden Perlmutterschimmer der Haut. Die Augen lachten nicht mehr blank wie das Eis da draußen. Sie waren weich und glänzend geworden. Sie blickten mich heiter an. Und doch dämmerte für mich – nur für mich – im Hintergrund dieser blauen Sterne eine leise Wehmut – das geheimnisvolle: Weißt du noch? ... Ein Schauer von etwas Furchtbarem – Gewaltigem –, das einst, in alten Zeiten und längst vergangenen Tagen, unser beider Schicksal war und sich uns nun erneute – in ewiger Wiederkehr der Dinge, vor der die Zeit schwindet, der Raum zu nichts wird, alles, was wir sind und tun und leiden, zu einem unendlichen, unbewegt in sich ruhenden und unbegreiflichen Gleichnis wird. Mögen wir seine Lösung Gott nennen – Liebe – Tod – es ist alles ein und dasselbe. Ich bin darin begriffen. Du. Mein Ich versinkt in dir. Wir beide in etwas Unendlichem. Es kann uns nichts mehr geschehen. Denn wir sind ja selber das Schicksal. Wir sind die Unendlichkeit. Das waren die Schauer meiner Seele. Aug' in Aug' mit diesem fremden, jungen Weib, von dem ich nicht Namen, nicht Herkunft – nichts wußte und doch alles.

Ich zog einen Stuhl heran und setzte mich zu ihr. Sie ließ es geschehen. Es schien ihr zu schmeicheln. Sie hatte wohl inzwischen erfahren, daß mein Name als der des damals schon weitbekannten Landschaftsmalers kein alltäglicher war. Denn sie fragte mich, ob ich hier im Winter, im Freien, zu malen gedenke. Das müsse doch furchtbar kalt sein...

Ich sah sie an. Sie hatte sich für den Abend schön gemacht. Was für ein Kleid sie trug – welche Frisur – wir Männer wissen das ja nie. Selbst ich als Künstler achtete nicht darauf. Mir erschien sie schön. Und sie war es wohl auch wirklich.

Denn es war um sie jenes Unfaßbare, jenes leise elektrische Zittern – jene Wellen von Wärme – der Strahlungskreis einer schönen Frau. Die Blicke anderer Frauen auf sie – die Blicke der Männer – Zunicken von Bekannten – Zurufe im Vorübergehen – Winke von Freunden und Freundinnen. Sie schien hier die ganze Welt zum Freund zu haben. Die irdische Sonne des Wintersports im Engadin, wie draußen ihre große, goldene Schwester am Himmel tagsüber über Gerechte und Ungerechte schien, und wenn jene gesunken war, abends selbst der strahlende Mittelpunkt im Gesellschaftstreiben der hell erleuchteten Säle. Fortwährend kamen Abordnungen. Zudringliche Herren und Damen. Da wurde sie hingebeten. Dort wurde sie ungeduldig erwartet. Hier hatte sie sich verabredet. Sie schüttelte nur immer, mit liebenswürdigem Lächeln und flüchtigem Augenaufschlag, den blassen, geheimnisvollen Kopf und plauderte mit mir. Wir sprachen vom Wetter ...

Immerhin – keine Kleinigkeit für Sport und für Kunst, wenn man beides im Freien übte. Dazu brauchte man die Sonne. Aber die Sonne war ja hier das tägliche Brot. Sie stand jeden Tag am Himmel. Da war keine Sorge.

Aber wir brachten es doch fertig, darüber zu reden. Ich redete. Von der Sonne. Die Sonne war meine Freundin. Was ist ein Maler ohne Licht und ohne die leuchtende Himmelsleiter von Farbentönen, in denen das gebrochene Licht sich märchenhaft spaltet? Mögen andere die Welt grau in grau sehen und sie still und bleich, ohne Helle, ohne Schatten, auf die Leinwand bannen! Gott grüß' die Kunst! Mach' es jeder, wie er's versteht. Auch da sind große Meister. Nur mit akademischer Kälte und wohltemperierter Atelierkomposition kann man mich jagen! Aber in meinem Pinsel loht die Leidenschaft! Die Farben schlagen aus ihm wie Flammen. Die Welt brennt, die ich male! Denn mein Künstlerherz, das sie empfindet, brennt mit! Weh dem Schaffenden, der sich nicht verschwenden kann an alles, alles, worin er das Widerspiel seines eigensten Wesens erkennt – in dem sich nicht Ich und Außenwelt in einem Rausch der Selbstvernichtung zum Kunstwerk vermählen!

Das alles sagte ich ihr – feurig – eindringlich – hingegeben. Und hatte dabei das Gefühl: Das alles habe ich dir ja schon lange gesagt. Und du mir. Und tausend andere Dinge, die wir wieder vergessen haben – wie wir uns selbst vergessen haben und nun wieder aufeinander besinnen.

Sie lächelte. Sie hörte aufmerksam zu. Wir müssen lange miteinander gesprochen haben. Ich weiß es nicht mehr. Es erregte jedenfalls ringsum Aufmerksamkeit. Ihr schien es gleich. Wenn etwas auf ihrem Gesicht zu lesen war, dann war es höchstens ein kleiner Triumph, einen Mann von berühmtem Namen – einen Mann, der mehr bedeutete als alle die anderen unter diesem beschneiten Hoteldach, so an sich zu fesseln. Ich begriff, daß sie nach außenhin sich solch eine Maske einer siegreichen Weltdame geben mußte. Was sie darunter wirklich war, das war sie nur für mich ...

Dann auf einmal sah ich, daß ihre glatten und freundlich gespannten Züge sich veränderten. Ein Schatten huschte darüber hin. Etwas Fremdes. Ich hatte mich zu ihr vorgebeugt und sprach halblaut, weltvergessen, Aug' in Aug' mit ihr, auf sie ein. Ich hatte unbewußt, im Eifer des Gesprächs, meine Hand auf die ihre gelegt. Soweit ich sah, war niemand in der Nähe. Sie beugte sich zurück.

»Ich glaube, man sucht Sie!« sagte sie. »Dort ... an der Tür ... die Dame ...«

Ich drehte mich um. Dort stand meine Braut. In Pelzmütze und Pelzmantel, wie sie aus dem Schlitten gestiegen. Das süße Kindergesicht noch herzhaft gerötet von der Nachtfahrt, aber mit einem bangen, wehen Ausdruck des Staunens. Die Augen ungläubig, weit. Der Mund schmerzlich verzogen, halb offen. Sie stand, starr vor Schrecken, ohne sich zu rühren, fast ohne zu atmen. Ihre Mutter neben ihr. Der Vater war – ich hörte es später – in Geschäften in Italien zurückgeblieben.

Die beiden Damen wandten sich um. Sie traten, ehe ich auf sie zugehen konnte, wieder in die Halle hinaus und stiegen die Treppe empor. Sie hatten Zimmer im ersten Stock. Während sie den Flur entlangschritten, holte ich Mutter und Tochter ein und betrat mit ihnen den Salon.

Ich möchte den Auftritt, der da folgte, nicht schildern. Mara warf sich auf das nächste Kanapee. Sie vergrub das Gesicht in den Kissen. Ihr zarter Körper zuckte in Schluchzen. Ihre kalte, kleine Hand erwiderte meinen Druck nicht. Sie wollte nichts hören. Sie erwiderte nichts. Und ich stand da und begriff es ja ... So wie ich da unten jener anderen gegenübergesessen – da war gar kein Zweifel gewesen ...

Und ich begriff es doch nicht und beugte mich immer wieder mit gerungenen Händen über sie und murmelte inständig, aus aufrichtigem Herzen: »Aber ich liebe dich doch, Mara! Ich liebe dich!«

Ich habe mich niemals, solange sie lebte, mit meiner Schwiegermutter gut gestanden. Das ist nichts Ungewöhnliches. Aber es war nicht der landesübliche, in allen Witzblättern und Lustspielen mit sauersüßer Todfeindschaft geführte Kampf um die Seele hier der Frau und dort der Tochter. Nicht das gereizte Gezänk um die Erziehung der Kinder und Enkel. Dazu waren wir zu sehr Leute von Welt und lebten in zu großen Verhältnissen. Aber die Welten, in denen wir lebten, waren zu verschieden. Hier das weite, freie Reich der Kunst, voll von heiligen Wundern, Ungeheuern, Hingabe, dort der Salon mit seinen kleinen Künsten, seiner Enge, seiner Leere. Dabei war sie eine sehr kluge Frau, soweit ihr scharfer, kurzsichtiger Verstand in ihrer rings von der guten Gesellschaft umschränkten Umwelt reichte. Sie wußte die Menschen zu nehmen – aber die Begrenztheit ihres Gesichtskreises und ihrer Menschenkenntnis entschwand nur beim Nächsten – bei ihren menschlichen Schwächen, die sie mit sicherem Instinkt erkannte. Sie zog mich beiseite und sagte kühl, ohne besondere Erregung: »Lassen Sie Mara heute abend in Ruhe! Sie ist zu maßlos aufgeregt. Sie ist zu furchtbar gekränkt. Sie hatte sich so unendlich auf das Wiedersehen gefreut! Sie hat die Minuten gezählt! Sie gab dem Kutscher Geld und bat ihn, nur recht schnell zu fahren. Sie klatschte in die Hände vor Glück, als die hellen Fenster des Hotels in der Nacht auftauchten! Sie lief in ihrer Ungeduld hinein! Sie fragte atemlos nach Ihnen! Man wies sie in den Drawing-Room. Und da ... Setzen Sie sich in ihre Lage ... Wie stellen Sie sich dazu ...?«

Mir krampfte sich das Herz zusammen. Mir war das Weinen nahe. Ich kniete erschüttert neben Maras Kanapee nieder. Ich faltete bittend die Hände. Ich flüsterte, voll Zärtlichkeit und Mitleid, und es kam mir aus tiefster Brust: »Aber ich hab' dich doch lieb! .. Ich hab' dich doch lieb!«

Es kam keine Antwort. Der dunkelblonde Lockenkopf in den Kissen wandte sich nicht zu mir. Nur ein verzweifeltes, unterdrücktes Stöhnen des Leids, das mir ebenso ins Herz schnitt, wie es ihr aus dem Herzen kam. Ich erhob mich. Hilflos. Ich strich mir über die Augen. Ich wußte gar nicht, was eigentlich geschehen war. Ich wußte nichts, als leise bittend zu wiederholen: »Ich hab' dich doch so von Herzen lieb!«

»Sie können nicht erwarten, daß Mara Ihnen das jetzt glaubt«, sagte die Mutter. »Es ist am besten, Sie gehen jetzt und lassen sie sich ausweinen. Vielleicht können Sie ihr morgen eine Erklärung – oder wenigstens eine Entschuldigung – geben, wie das kommen konnte.«

Frostklar, mit einer dem Nebel der Niederungen unbekannten Leuchtkraft, funkelte tausendfach der Sternenhimmel über der in mattem Weiß aus dem Nachtdunkel schimmernden Bergwelt. Niemand, der den Ort nur bei Tage kannte, konnte an diesen jähen Wechsel von der heißen Sonne des Mittags zu dem grimmen Frost der Nacht glauben. Was sich bei Tag draußen tummelte, floh ja auch mit der sinkenden Sonne unter Dach und Fach. Dort war jetzt, bei Fluten elektrischen Lichts, aus dem Winterabend ein neuer künstlicher Tag erstanden. Die Paare schritten im Tanzsaal. Gedämpfte Musik drang hinaus in die Nacht. Von der wußten die wenigsten. Auch ich bisher nicht. Man trat nicht gern in Lackschuhen und bloßem Kopf noch einmal vors Haus. Daß es da draußen Stein und Bein fror, merkte ich in meinem Irren durch die leeren, hell vom Mond über bläulichem Schnee beglänzten Gassen erst, als mir die Kälte durch die Hemdbrust auf die Haut drang. Ich knöpfte den Pelz, den ich umgeworfen, fester. Ich schritt in stürmendem Gang, den Kopf gesenkt, die von Schlittenkufen, Pferdehufen, Fußgängerspuren tausendfach gefurchte und zerstampfte, knirschendweiße Landstraße dahin. Der harte Schnee sang unter meinen Sohlen. Es hallte mir im Ohr wider – die Worte – immer wieder – die Worte, die ich vorhin selber gesprochen: Ich hab' dich lieb ...

Das war wahr. Das war buchstäblich wahr. Das war auch jetzt noch heilig und wahrhaftig wahr. Ich blieb stehen. Ich schaute aufgeregt in der weißen Einsamkeit um mich. Ich hörte in der tiefen Stille das Hämmern meines Herzens. Ich prüfte mich: Doch. Ich liebte Mara! Ich liebte sie wie je! Diese Liebe war da, wie sie seit Jahren in mir gewesen und gewachsen war ...

Diese Liebe war nie eine Leidenschaft gewesen, sondern eine reine, glückliche Wärme. Meine Braut und ich – wir hatten uns ja fast von Kindesbeinen an gekannt. Unsere Lebenswege waren nebeneinander hergelaufen – nicht parallel, im ewigen Abstand zwischen Mensch und Mensch, sondern so im Winkel gefügt, nach dem Willen einer unsichtbaren Vaterhand, daß sie einmal einander schneiden und dann in eines aufgehen mußten – nach einem Gesetz der Natur, das sich langsam in uns erfüllt, so wie die Blume blüht, wenn ihre Zeit da ist, und die Rebe reift. Es war uns beiden – Mara und mir – ein selbstverständliches Glück gewesen, daß es so kam. Wir hatten es dankbar hingenommen, ohne viel darüber nachzudenken. Wir waren froh, daß wir einander hatten.

Und daran hatte sich in mir nichts geändert. Noch jetzt, im Schweigen der mondhellen Mitternacht, wachte in mir ungetrübt das tiefe Glück ihres Besitzes – die Herzensruhe, sie mein zu nennen – mein Haupt an ihre Brust zu legen, ihre leichte Hand über meinen geschlossenen Lidern zu spüren. Das war alles wie sonst.

Und doch ...

Und mit einem Grauen – einem Schauer des Unglaubens – einer Angst vor mir selbst – erkannte ich, am Ufer des übereisten Sees hinschreitend, daß zwei Frauen in meiner Seele wohnten – daß zwei Frauen von meiner Seele Besitz ergriffen hatten – diese in Leidenschaft und jene in Liebe – Blitz und Sonne zugleich am Himmel des Herzens – zwei Naturgewalten, die nicht nebeneinander flammen und leuchten konnten und doch in einer Menschenseele sich begegneten.

An Griechenlands vielgezackter, schaumumbrandeter Küste – da hatte ich es, im ewigen Spiel von Wind, Himmelshelle und Wolken über dem Land der Götter, auf einer Studienreise gesehen, daß hier im Osten die Sonne Homers das weindunkle Meer vergoldete und dort im Westen der Donnerer im Himmelsgewölk, Zeus, zugleich seine Blitze über das Land warf. Es war nichts unmöglich. Nicht in der Natur. Nicht im Menschen ...

Natur – wer ihr reinen Auges und reinen Herzens dient wie ich als Landschaftsmaler, der verwächst mit ihr. Er steht mit ihr in geheimnisvoller Wechselwirkung. Er lebt nicht nur in ihr. Sie lebt in ihm. Ihr heiterer oder trüber Himmel, ihr Sturm oder Windstille, Regen oder Sonnenschein bedingen seine Stimmung des Tages.

Und wo konnte solch eine Stimmung so strahlend, so unterwühlt und lachend kraftvoll in sich beschlossen, so frisch und klar sein wie an solch einem tiefblauen, weißschimmernden, in Wärme, Sonne, Kristallflimmer über Firngefunkel gebadeten Wintermorgen im Engadin?

Kein Lüftchen regte sich, als ich vor das Haus trat und die stählerne Kälte der Luft mit langen Atemzügen in mich trank. Die Brust weitete sich. Das Herz schlug freudig. Das Blut kreiste schnell. Neues Leben, Lieben, Lachen, Hoffen nach der großen, schwarzen Stille der Nacht.

Ein Teckel trottete schnoppernd über den Schnee. Seine klugen Augen glänzten. Wo der kleine Kerl erschien, war sein Herr sicher nicht weit. Morris kam vorbei – offenbar zu einem Gletscherbummel untertags gerüstet –, der Eispickel blinkte in seinem Fausthandschuh. Er war ernst und verschlossen wie immer. Er winkte mir aus der Ferne herüber. Ich erwiderte es ebenso, in Bergkameradschaft. Ich war jetzt nicht in Lust und Laune zu Hochsimpeleien über Schneebrücken, apere Ferner, Steps und Couloirs.

Ich weiß nicht, wie sie es fertigbringen, lebende Blumen unerfroren in das Königreich der Kälte und seine Residenz zu schaffen. Jedenfalls waren da mehrere Blumenläden. Ich kaufte das Schönste, was ich fand. Schob das Seidenpapier mit dem Blütenstrauß sorgfältig unter den Rock, damit der Frost die bunten Sterne nicht noch auf dem kurzen Weg zum Hotel versehrte, klopfte in einer lächelnden und freudigen Zuversicht oben an das Wohnzimmer meiner Braut. Ich war überzeugt, daß sie nach einer kurzen, reuigen und verzeihenden Aussprache unter Tränen lachend an meiner Brust liegen würde. Sie war ja mein. Ich besaß nichts auf Erden, was mir so sicher, so unerschütterlich gehörte wie ihr liebendes Herz.

Und es wäre wahrscheinlich zu der Versöhnung gekommen und vielleicht die ganze Mißhelligkeit als ein kleiner Streit unter Liebesleuten in der Luft verweht – ohne die Mutter! Als ich in den Salon trat, war nicht Mara darin, sondern die Mutter allein. Mara lag noch zu Bett. Sie hatte Migräne. Kein Wunder bei ihren zarten Nerven nach der Aufregung gestern abend. Vielleicht wurde es bis zum Abend besser. Vorläufig empfing mich die Mutter.

Sie hatte es sich in den Kopf gesetzt, an Stelle der Tochter mit mir zu reden. Es wäre besser gewesen, sie hätte mich bis zum Abend weggeschickt. Aber sie gehörte zu den Frauen, die nicht ertragen können, daß etwas ohne sie in ihrem Gesichtskreis geschieht. Sie griff mit beiden Händen in den kleinen Seelenriß zwischen Mara und mir und erweiterte ihn von Sekunde zu Sekunde, indem sie, mir streng und kühl gegenübersitzend, Aufklärung verlangte ...

Was konnte ich da viel sagen? In einem banalen Hotelsalon – unter schwiegermütterlichen Blicken – wie soll da ein Künstler, der sich selber kaum kennt, sich einem anderen Menschen erklären? Was sind da Worte? Immerhin: Ich versuchte es. Ich stellte den Vorfall von gestern abend als einen ganz harmlosen Flirt hin, die Ungeduld, die unerträglich langen Stunden bis zum Eintreffen meiner Braut zu verkürzen, hatte mich, zu flüchtigem Zeitvertreib, in unverfänglicher Plauderei, mit irgendeiner Unbekannten zusammengeführt. Ich hatte mir nicht viel dabei gedacht. Jene wahrscheinlich noch weniger. Das Ganze war nicht der Rede wert.

Je mehr ich so redete und die Wahrheit dreimal verleugnete und das Unerklärlichste – den Eingriff fremder Mächte in meine Seele – lachenden Mundes als eine dumme Alltäglichkeit darstellte, desto gewaltiger, unheimlich sieghafter wuchs in mir wieder die Stimmung der Stunde von gestern. Das große Geheimnis war wieder da und nahm von mir Besitz. Ferne Glocken klangen ... Stimmen von weither – weither – riefen etwas in mein Ohr – das ich gewußt hatte – und wieder vergessen. Eine leidenschaftliche Sehnsucht ließ mir den Herzschlag stocken – irgendwo lag ein Schatz vergraben – seit langer – langer Zeit – wartete auf mich ... Ich konnte meine innere Erregung nicht mehr bemeistern. Sie spiegelte sich auf meinem Gesicht wider.

Maras Mutter merkte es.

Sie war eine weltkluge Frau – für den Salongebrauch. Sie durchschaute die Menschen, soweit ihr eigenes Menschliches reichte. Und das reicht bei Frauen in der Liebe weit. Sie hatte die Eigenschaft vieler Damen, um so spitzer und höflicher zu sein, je mehr es in ihr kochte. Sie sagte plötzlich ruhig: »Ihr Mund spricht von einem Flirt. Ihre Augen von einer Leidenschaft. Ich glaube Ihren Augen mehr als Ihrem Mund.«

Ich schwieg. Sie faßte das als Eingeständnis auf. Sie verhörte gemessen weiter wie der Richter den Angeklagten: »Dann lieben Sie also Mara nicht mehr?«

»Ich liebe sie heute so sehr, wie ich sie je geliebt habe und immer lieben werde!«

Der böse Geist dieser Tage – denn das war Maras Mutter – wenn auch wider Willen – spielte mir gegenüber mit einem Papiermesser, in einer Gereiztheit, die durch ihre Frage klang: »Sie behaupten also – kalten Bluts – mir ins Gesicht – daß man zwei Frauen zugleich lieben kann?«

Ich wußte: Es lag ihr, aus vielen Gründen, sehr daran, einen Bruch zu verhüten und mich als Schwiegersohn zu behalten. Aber trotzdem wuchs die Schärfe in ihrer Stimme unheilverkündend: »Wollen Sie mir verraten, wie Sie da etwas in sich zu vereinigen glauben, was jedem anderen Mann auf der Welt ein Ding der Unmöglichkeit erscheinen würde?«

Was sollte ich ihr antworten? Daß es so viel Lieben auf der Welt gibt wie Farben? Daß Leidenschaft nicht Liebe ist und Liebe nicht Leidenschaft? Daß Seele und Sinne verschieden sind? Daß hier eine Feuersbrunst flammen kann, und dicht neben in der Kirche brennen die geweihten Kerzen fromm auf dem Altar? Daß vieles im Menschen nebeneinander Platz hat, wie der schon ganz alte, ganz weise, über die Menschen hinausgewachsene Goethe sagt. Ich fühlte: Sobald ich es sagte, war es unwahr. Solange ich es empfand, war es wahr. Aber die Sprache schlug nicht mehr die Brücke von Mensch zu Mensch. Meine Wehrlosigkeit gegenüber dem Schicksal, meine Ratlosigkeit gegenüber dem grauhaarigen Richter im Unterrock verwandelten sich in Künstlertrotz.

Jawohl: Ich hatte ein Recht, Blumen zu pflücken, die am Wege blühten! Ich brauchte sie! Denn ich sah sie mit den Augen des Sonntagskinds – des Künstlers! Es gab nur ein Todesverbrechen für den Künstler! Das hieß: so zu fühlen und zu handeln wie Hinz und

Kunz! Es gab nur eine Todesgefahr für den Künstler! Die hieß: Philister über dir! Das mußte eine Frau wissen, die einen Künstler heiratete! Damit mußte sie sich abfinden! Und was die übrigen Menschen – außer der eigenen Frau – darüber dachten – und sei es auch die Mutter der Frau –, das sah der Künstler mit olympischem Gleichmut! Denn er stand als Künstler über den anderen Menschen. Sie hatten sich seiner zu erfreuen. Sie hatten ihm zu danken. Sie hatten ihn zu bewundern. Aber nicht zu richten!

Niemals hätte ich bei ruhigem Blut und vernünftigen Sinnen mich in so verstiegenen und vermessenen Äußerungen ergangen. Jetzt freute es mich, die gute Dame zu reizen. Sie war starr wie die Salzsäule der Schrift. Ich ließ sie sitzen, legte die Blumen für Mara auf den Tisch, bat, ihr gute Besserung zu wünschen, und ging.

Mir war noch ganz warm ums Herz, während ich durch das Dorf schlenderte. Und merkwürdig leicht war mir ums Herz. Fast froh. Denn nun hatte ich mich vor mir selber gerechtfertigt! Ich hatte mir Ablaß erteilt – für gewesene, läßliche Sünden, die gar keine waren – und – der leidenschaftliche Trotz gegen die steifleinene, selbstgerechte, erstickende Respektabilität da oben raunte es mir zu: auch für die kommenden Zusammenstöße zwischen dem, was andere wollten, und dem, was ich mußte.

Auf der Straße traf ich einen Bekannten. Auch ein Gletscherbruder. Ein Deutsch-Schweizer aus dem Berner Oberland. Er deutete zu einer Bergflanke schon ziemlich hoch über dem Tal empor. Auf ihr bewegte sich, für meine weitsichtigen Augen noch eben erkennbar, ein winziger schwarzer Punkt.

»Da geht er«, sagte mein Bergfreund, den Fernstecher einsteckend, und ich wußte, daß er Morris meinte, und erwiderte achtlos, denn ich wollte weiterkommen und selber allein sein: »Und immer allein!«

»Ja. Er ist menschenscheu. Schon seit zehn Jahren und mehr. Ich kenne ihn noch länger – noch bevor ...«

»Was war mit ihm?«

»Mein Gott ... etwas mit einer Frau – seiner Frau ... Genau weiß ich es auch nicht.«

Ich sah auf den schwarzen Punkt da oben, der sich inmitten der weißen Unendlichkeit kaum zu bewegen schien. Der neben mir schloß: »Ich weiß nur, daß sie schon vor Jahren im Ausland verstorben ist. Damals waren er und sie schon lange getrennt – oder geschieden. – Nun: Malen Sie heute was Schönes! Adieu!«

Schönes ... Es gab so viel Schönes auf der Welt ... Die ganze Welt war schön, wenn sie einem die Menschen nicht vergällten. Einem Künstler raubten, was sein Recht war. Nein: seine Pflicht gegen die unverdiente Gottesgabe des Talents, die ihm das Schicksal in die Wiege gebunden: das Schöne zu sehen – zu lieben – zu verkünden ...

Lachender Künstlertrotz war in mir. Künstlerkraft. Künstlerdrang: Die Welt in mich zu schließen, damit sie sich mir offenbart und ich sie den anderen. Ich lachte. Ich reckte die Arme aus, dehnte die befreite Brust und warf kampflustig den Kopf zurück und versuchte, der Sonne selber ins Angesicht zu sehen. Da hörte ich rasche, elastische Tritte. Konstanze kam an mir vorbei.

Ob durch Zufall ... Damals dachte ich über das alles nicht nach. Alles, was in jenen Tagen geschah, war mir Schicksalsfügung. Nur das eine war mir klar: Sie wollte mich. Sie griff nach mir, weil sie sah, daß sie mich schon in der Hand hatte. Was ich ihr sein sollte: ich weiß es nicht. Ich habe mich auch nie mehr darum gekümmert. Jedenfalls meinte sie es ernst. Denn sie setzte in diesen Tagen ihren Ruf für mich aufs Spiel. Von allen Seiten verfolgten uns Augen. Ihr schien das gleichgültig im Vergleich zu dem Einsatz – ob der nun Liebe, Koketterie oder Berechnung hieß.

Jetzt jedenfalls blieb sie ganz unbefangen stehen und gab mir lachend die Hand. Wir begrüßten uns wie zwei gute Kameraden. Wir verstellten uns voreinander – denn zwischen uns war nun schon mehr. Das lasen wir uns gegenseitig aus den Augen – und wußten, daß wir uns verstellten – und ich wußte, daß das auch nie anders zwischen uns gewesen war – immer wieder – immer – als daß wir uns, einer im andern, flohen und suchten. An ihrem Arm klirrten die Schlittschuhe. Sie ging zum See hinunter. Ich ging mit. Es war bei mir jetzt nicht nur ein Wink und Wille einer unbekannten Macht. Es war bewußter Trotz, mir meine Freiheit des Erlebens, des Schauens und Schaffens zu wahren.

Unten schnallte ich ihr die Schlittschuhe an. Entlieh mir selber ein Paar. Wir mengten uns nicht in den wimmelnden, farbenbunten, kalten Karneval, der auf der eigentlichen Eisbahn durcheinanderwirrte. Es führte ein Weg quer über den See. Den liefen wir dahin, liefen den Menschen davon. Die sonst totenstille Luft pfiff uns um die Ohren. Der See war nicht sehr groß. Aber mir schien es eine Fahrt im Sturmwind – hinaus – in freie Weiten – dem Kerker entsprungen – zu rettendem Ufer ...

Da war ein Traum: Ein Wirtshaus im Walde. An einem anderen kleinen See. Wir beide am wärmenden Ofen. Wir atmeten rasch und unruhig, als wüßten wir Verfolger hinter uns. Wir saßen eng beisammen in der Ecke einer Hütte – in Winter und Wald – wann war das schon einmal gewesen? Wo hatte es die Sonne dazumal beschienen – sie, die draußen vom blauen Himmelsdom gleichmütig über die Jahrhunderte und Jahrtausende dahinstrahlte ...?

Da war ein Märchen: Der Märchenwald im glitzernden, strahlenden Schnee. Weiße Lasten auf zartem Lichtgrün. Weißer Reif an tausend braunen Säulen. Gnomen von Eiszapfen an leise sprudelnden Quellen. Sonst kein Ton. Nur wir beide. Unsere Schritte lautlos im weichen Weiß. Immer weiter hinein in das stille Zauberland ... in das Träumen des langsam verrinnenden Tages ...

Was wir an dem Tag miteinander gesprochen – in der Erinnerung ist mir nichts davon geblieben. Worte, die von Herz zu Herz erschütternd gingen, waren es nicht. Sie hielt zurück. Sie wartete. Sie ließ mich reden. Und ich genoß schon unsere Einsamkeit zu zweien – dies Glück der Stunde, das mein Recht war! Eine unbestimmbare Scheu hielt mich ab, mir durch Worte dies Glück selbst zu zerstören, indem ich es in ein Unrecht verwandelte – Unrecht an dem, was da drüben auf der anderen Seite des Sees war – und mein war – und meiner harrte ...

Erste Abendschatten mahnten. Menschenstimmen störten. Spaziergänger wanderten um den See herum nach Hause. Schneeschuhfahrer kamen von der Alpina herab. Wir liefen über die bleiche, fahl vergrauende Eisfläche heim. Da, in Nacht und Nebel und Grabeskühle unter unserem gleitenden Stahl fing meine Seele an zu frösteln. Mein Herz fror plötzlich in der Fremde. Oder ich wurde mir jetzt erst dessen bewußt, was, wie ich nun nachträglich fühlte, langsam dämmernd den ganzen Tag über in mir gewachsen war.

Irgend etwas wurde in mir frei. Der Zauber von gestern abend schwand allmählich. Er verwehte wie der leise Luftzug der Nacht, der mir im Laufen um die Ohren strich. Eine Entgötterung kam. Dies atmende, schöne, lebende Menschenbild neben mir, das zutraulich seinen Arm mit dem meinen verschränkt hatte, verblaßte. Wich in die Sternenferne zurück, aus der es geheimnisvoll gekommen. Es legten sich Schleier davor, so wie graues Zwielicht aus dem Panzer des Sees zu unseren Füßen dünstete. Und immer mehr empfand ich es: Neben mir war eine Fremde – eine fremde Frau ...

Neben mir glitt nun im Dunkeln nur noch ein Schatten, wie aus dem Nichts entstanden, in das Nichts zergehend, das uns finster umfing. Aber dort, am anderen Ufer, winkten tröstende Lichter durch die Nacht: Komm wieder! Komm wieder! Hier ist deine Heimat des Herzens! Hier wartet ein Herz auf dich ...

Wir waren etwas von der Richtung abgekommen. Wir betraten das Seeufer an einer verschneiten, unwirtlichen Stelle. Nirgends eine Bank, vor der ich niederknien und ihr die Schlittschuhe abschnallen konnte. In den Schnee – wie ich es getan – konnte sie sich nicht setzen. Und auch nicht mit den Schlittschuhen an den Füßen den steilen, vereisten Hang hinauf. Sie sah mich an. Zum erstenmal glänzte eine lauernde Weiberlist in ihren Augen. Ein Weib wie andere. Ich war heute ihr Ritter. Ich hob sie auf und trug sie die wenigen Schritte zur Höhe empor. Sie ließ es geschehen. Sie legte die Arme um meinen Hals. Ihr schönes Gesicht schaute im Mondschein gleichmütig, bleich wie das einer Toten, auf mich nieder. Der Mond war so hell, daß unser beider Schattenbild langverzerrt, schwarzflackernd auf dem grellen Schnee wie ein Nachtgespenst mit zwei Köpfen hinter uns herglitt.

Wir schritten, sie die Schlittschuhe am Arm, eilig dahin. Denn nun froren wir wirklich. Uns klapperten die Zähne, so daß wir nicht viel mehr sprachen. Als wir uns in der Hotelhalle trennten, las ich beim freundschaftlichen Händedruck einen Zweifel, eine Frage in ihrem glänzenden Blick. Ich tat nicht derlei. Ich eilte zu der Treppe und wollte sie hinaufstürmen, zu ungeduldig, den Lift zu benutzen. Da kam mir von oben Morris entgegen.

»Ich suchte Sie schon – – wegen unserer Bergbesteigung«, sagte er. »Ich ging bis zum See. Aber ich konnte dort nicht warten. Denn ich sah in der Dunkelheit etwas Seltsames. Eine junge Dame kniete da im Schnee und weinte ...«

Ich starrte ihn wortlos an. Er fuhr fort: »Sie konnte sich da draußen den Tod holen – in der Kälte und in der Nacht. Denn auf die achtete sie gar nicht. Auch auf mich anfangs nicht, als ich ihr zuredete. Schließlich gelang es mir, sie zu beruhigen. Ich gewann ihr Vertrauen. Sie duldete es, daß ich sie in ihr Hotel zurückführte. Sie wohnt hier.«

»Welche Nummer ...«

»Oben im ersten Stock – die zweite Tür – wenn Sie das interessiert. Aber nun möchte ich wegen unserer Gletschertour ...«

»Bitte ... nachher! ... Ich kann jetzt nicht ...« Ich vermochte kaum zu sprechen vor Schrecken. Mir, dem Bergsteiger, waren die Knie so bleischwer, daß ich nur langsam, Stufe um Stufe, die Treppe bezwang. Und mir dabei unerbittlich klarmachte: In deiner Braut hat die Genesung von dem Nervenanfall auch die Verzeihung für dich geweckt. Sie hat nicht gewußt, wo du den Tag über warst. Sie hat dich liebevoll erwartet. Sie ist vor das Dorf gegangen, um sehnsuchtsvoll nach dir auszuspähen, und hat gesehen, wie du die andere auf deinen Armen vom See emportrugst ...

Im Zimmer oben die beiden Damen. Eine beklemmende Stille. Keine Vorwürfe. Kaum Tränen. Ein bleiches, süßes, geliebtes Gesicht. Erstarrt in bitterem, leidenschaftlichem, blindem Schmerz. Eine Bewegung tiefgekränkten Stolzes. Die eine kleine weiße Hand faßte zitternd nach der anderen. Ein leises, feines Klingen. Der Verlobungsring rollte über den Tisch und blieb vor mir liegen.

Ich nahm ihn nicht. Das alles war mir unfaßlich. Diese Hand, von der er sich gelöst, war doch mein. Dieser Mensch dort drüben, mein künftiges, zweites Ich und besseres Selbst, war doch mein. War mein natürliches Anrecht auf Erden, so gut wie Leben, Luft und Licht.

Ich redete. Was ich redete, weiß ich nicht mehr. Schweigen – Schweigen eines todwunden Herzens die Antwort. Auch die Mutter schwieg. Ich merkte, daß sie diplomatisierte. Auch sie nahm den Verlobungsring nicht an sich. Er blieb auf dem Tisch liegen, wo er war. Ein herrenloses Gut. Die Mutter sagte nicht, daß ich ihn an mich nehmen möge. Das war mir wieder ein Schein von Hoffnung. Sie gab mir mit den Augen einen Wink, für heute abend lieber zu gehen. Ich ging ...

Am nächsten Morgen schien mir alles wie ein Traum. Strahlend grüßte die späte Sonne in mein Zimmer. Wolkenlos blaute der Himmel über dem Firn. An dieser Reinheit des neuen Tages, dieser Helle und Heiterkeit mußte alles Kranke von gestern genesen. Mein Herz schlug bang vor Hoffnung. Ich wartete auf das Wunder. Nein: auf das Selbstverständliche, daß Mara zu mir zurückkehrte. Niemals war mir der leiseste Zweifel an ihrem Besitz gekommen. Auch jetzt noch konnte ich mich nicht zu solch einem Zweifel durchringen. Ich fand nicht die Kraft dazu. Ich war ihrer so sicher wie meiner selbst. Ich zerbrach in mir uns beide, wenn ich uns beide innerlich, sei es auch nur in Gedanken, trennte ...

Eine Stunde. Noch eine Stunde. Ich stand müßig am Fenster, harrend, bis es an meine Tür klopfen und mich zu Mara entbieten würde. An die andere, die Göttin von gestern, dachte ich im Fieber meiner Reue und Angst so wie an einen Toten – aus meinem Gesichtskreis und bald auch aus meinem Geist Geschiedenen. Dieser flüsternde Hauch von jenseits der Dinge, durch den ich in ihr etwas Überirdisches gesehen, vertrug nicht ihre Menschennähe und ihren Alltag. Er war verweht. Die Luft wieder klar und still im ewigen Rätsel des Seins. Mochte ich auch für einen Augenblick aus dem Traum des Lebens erwacht sein – nun träumte ich ihn weiter wie alle meine Brüder und Schwestern unter der Sonne und war ein Mensch wie sie in Leid und Lust.

Nur in Leid. Denn nichts pochte an meine Tür. Kein Lebenszeichen kam. Nur da unten, auf der Straße, lachte und lärmte das Leben in Schlittengeklingel und Peitschengeknall, Autogeblöke, heiteren Stimmen in allen Sprachen. Ich sah Morris. Er ging quer über die Straße in das Hotel. Er verhandelte da wohl mit den Führern.

Noch eine Viertelstunde. Dann riß mir die Geduld. Hinüber zu Mara! Sie wartete auf meinen ersten Schritt. Das war ja eigentlich selbstverständlich. Das war ihr gutes Recht. Hinüber und den schmalen, goldenen Reif, der dort noch lag, wieder an ihre Hand gesteckt. Ein Kuß der Reue auf diese Hand. Ein Kuß der Liebe auf ihre lieben Lippen, und alles war gut.

Jetzt erst fühlte ich so recht, wie ich sie liebte. In Eile machte ich mich zurecht. Noch ein Blick dabei durch das Fenster – zerstreut – mir war es ganz gleich, was da unten passierte – und dabei stand mir das Herz still.

Da unten trat Mara mit Morris aus dem Haus. Er war offenbar gekommen, um sich nach ihrem Befinden zu erkundigen. Das sah ihm, dem Menschenscheuen, der den Frauen sonst weit aus dem Wege ging, nicht ähnlich. Aber nachdem er sie gestern in ihrer Verzweiflung aus den Unbilden von Nacht und Kälte als Retter heimgeleitet hatte, war es sein Recht. Vielleicht sogar eine Pflicht der Höflichkeit.

Doch dies nun war wahr: Sie gingen beide freundschaftlich nebeneinander dahin, auf einem Spaziermarsch in die Winterwelt hinaus. Ich sah deutlich Maras Gesicht. Es war blaß und ernst. Aber sie hörte freundlich sanft Morris zu. Seine Züge schienen belebter als gewöhnlich. Er, der sonst die Wortkargheit selbst war, erzählte. Er lächelte dabei trotz seiner Verschlossenheit. Und jetzt – jetzt lächelte sie mit, als er auf seinen geliebten Teckel deutete, der vor ihm herlief. Offenbar berichtete er stolz irgendeinen neuen Beweis übernatürlicher Klugheit seines kleinen Freundes. Das Tier galt ja auch als ein Hundewunder. Mara nickte lebhaft. Bückte sich. Streichelte das krummfüßige Geschöpf. Sie und Morris bogen, eifrig sprechend, um die Ecke.

Ich weiß nicht, wie ich hinüber in den Salon und zu Maras Mutter kam. Jedenfalls stand ich ein paar Augenblicke später dort. Ich war außer Atem. Ich war außer mir. Ich konnte kaum sprechen. Ich war ein Mann, dem bitteres Unrecht widerfahren. Mein erster Blick galt dem Ring auf der Tischfläche. Er war fort.

»Ich habe ihn in Verwahrung genommen!« sagte auf meine ungetane Frage die alte Weltdame. »Ich kann Mara nicht zumuten, ihn wieder anzustecken. Wenigstens solange alles zwischen ihr und Ihnen so völlig ungeklärt ist!«

Ich stampfte mit dem Fuß in meinem Zorn und meiner Aufregung und meinem schlechten Gewissen, das in mir fortwährend mit dem Gefühl der Schuldlosigkeit gegenüber einer höheren Gewalt rang – und jetzt noch mit der Überzeugung rang, daß mir soeben ein bitteres Unrecht geschehen. Ich knirschte: »Ich will ja alles aufklären ...«

»Das sagten Sie schon vorgestern abend. Aber dem widersprach, was Mara gestern abend sehen mußte!«

»Es ist vorbei! Ganz vorbei!«

»Sie können nicht erwarten, daß man Ihren Worten mehr glaubt als Ihren Handlungen!«

»Wem soll man denn dann glauben?«

»Dem, was Sie künftig tun und lassen werden!« sagte Maras Mutter sehr kühl und bestimmt. »Das hängt von Ihnen ab, und danach wird es sich entscheiden, ob dieser Riß sich wieder zusammenzieht, von dem die Welt ja vorläufig noch nichts zu wissen braucht.«

Das sah ihr so ähnlich: Die Welt! ... Immer die Welt! ... Ich stürmte im Zimmer auf und ab. Ich blieb, bis aufs Blut gereizt, vor der kerzengerade im Sessel sitzenden alten Dame stehen. Ich ahnte damals noch nicht, daß das ganze Unheil von ihr – und nicht eben von meiner sanften, guten Mara ausging.

»Wie soll denn das wieder gutwerden!« rief ich erbittert, und ich fühlte, daß das Blut, das mir dabei heiß zu Kopf stieg – daß das nichts anderes als jähe, wilde, auflehnende Eifersucht hieß – ein Gefühl, das ich in der Sicherheit des Besitzes Mara gegenüber gar nicht kannte. »Wie ist denn eine Versöhnung möglich, wenn Mara, ohne sich um mich zu kümmern, jetzt eben mit einem fremden Mann da draußen spazierenläuft!«

Auf dem strengen Gesicht meiner angehenden Schwiegermutter malte sich unverhohlenes Erstaunen.

»Ich verstehe Sie wirklich nicht!« sagte sie. »Sie nehmen als Bräutigam plötzlich völlige Freiheit für sich in Anspruch! Sie widmen sich, blind für alles andere, einer fremden Dame, und dann sind Sie empört, wenn Mara – nicht etwa Gleiches mit Gleichem vergilt und ihren Ruf aufs Spiel setzt – sondern sich nur einen bescheidenen Bruchteil der Freiheit erlaubt, von der Sie ausgiebig Gebrauch machen, als seien Sie überhaupt nicht gebunden! Ja – glauben Sie denn, daß von zwei Teilen nur der eine sich gebunden erachten soll? Sie selber geben Mara ihre volle Bewegungsfreiheit zurück!«

»Und was ich dabei empfinde, wenn ich sie da als meine Braut mit einem fremden Manne gehen sehe ...«

»... ist genau dasselbe,« sagte das graue Bild ohne Gnade vor mir – »was Mara empfunden hat und empfinden mußte, als sie Sie vorgestern – und gar gestern mit einer fremden Frau zusammen sah. Nun wissen Sie selbst, wie ihr da zumute sein mußte!«

»Ich dulde es aber nicht!« schrie ich.

»Und doch wird Ihnen nichts anderes übrigbleiben, als geduldig hier zu warten, ob Mara noch einmal freiwillig zu Ihnen zurückkehrt. Ich weiß es nicht – offen gestanden –, ich glaube es nicht. Sie ist zu bitter verletzt. Aber man darf die Hoffnung nicht aufgeben!"

»Ich habe ein Recht auf Mara!«

»Sie haben sich ausdrücklich und schroff das Recht auf Freiheit als Künstler zugesprochen«, sagte unerbittlich die alte Dame. Sie war nicht dumm. In Wortgefechten zog man bei ihr meist den kürzeren. "Dann müssen Sie als Künstler auch anderen Menschen wenigstens einige Freiheit gönnen!« Ich saß wieder in meinem Zimmer, die Schläfen zwischen den Fäusten. Mein Kopf war wirr und leer. Ich faßte das nicht, daß das, was ich bisher besaß, mir nicht mehr gehören sollte. Ich war als Künstler gewohnt, mir aus der Welt herauszuwählen, was mir gefiel. Und was vor meinen Augen Gnade gefunden, das wandelte in reinem Licht, lebte und atmete durch mich, für mich, wie ich in ihm. Statt dessen löste sich da ein Stück meiner selbst, suchte, kraft eigenen Willens, seinen Weg, der sich von meinem trennte – seinen Lebens- und Schicksalsweg – fort ... fort von mir ...

Halten ... sie halten ... ihr nachschreien: Bleibe! ... Bleibe! ... Meine Stimme erreichte sie nicht ... irgendwo ... da draußen ...

Ich saß und sann. Ohne Reue. In düsterem Trotz – aus starrem Staunen heraus, daß man solch ein Narr des Schicksals sein konnte. Und doch ein Ahnen der Selbsterkenntnis in meinem Zähneknirschen, daß manche Künstler – und darunter damals der, der jetzt als ein anderer diese Zeilen schreibt – große Kinder sind – voll einer spielerischen Selbstsucht, über die sie sich so wenig Rechenschaft geben wie die Kinder.

Nur daß die Kinder mit Puppen spielen und die Erwachsenen mit Menschen. Jetzt merkte ich, was es heißt, mit einem Menschen spielen – mit einem Menschen und seiner Liebe ... so wie ich es mit meiner Braut getan ...

Ich verbrachte den Tag dumpf in meinen vier Wänden. Die dienstbaren Geister des Gasthauses hielten mich für krank. Sie berichteten es unten. So fiel mein Fernbleiben nicht auf. Ich wagte es nicht, meine Zimmer zu verlassen. Es war beinahe sicher, daß ich ihr – der anderen – irgendwo auf der Treppe und in der Halle begegnete. Sie wußte das schon einzurichten. Sie lauerte auf mich wie die Spinne im Netz. Ich war ihre Beute – ich – der ich, in ihrem Bann, mich meiner Freiheit gerühmt, auf mein Recht auf Freiheit gepocht hatte ...

Gestern abend war sie mir völlig gleichgültig gewesen. Ich mußte heute früh mich erst ihres Namens entsinnen ... Konstanze – ja: Konstanze. Jetzt änderte sich mein Gefühl. Sie trat wieder in meinen Lebenskreis. Ich begann, sie zu hassen, als die Urheberin meines Unglücks. Ich haßte sie heiß. Ich haßte zwei Menschen – sie, die fremde Frau – und ihn, den fremden Mann – an dessen Seite Mara jetzt eben draußen irgendwo plaudernd und lächelnd schritt, so als sei ich überhaupt nicht mehr auf der Welt.

Vielleicht nur heute. Morgen war auch noch ein Tag. Ich stand in der neunten Vormittagstunde verbissen am Fenster. Ich wollte, sowie die Zeit genügend vorgerückt war, hinüber zu Mara, mir den Eintritt erzwingen, mich ihr zu Füßen werfen, mir mein Recht holen, Aug' in Auge – nein: Mund auf Mund! Ich war meiner Sache sicher, wenn ich ihr nur erst gegenüberstand.

Ich hatte Morris nicht in das Haus treten sehen. Aber herauskommen sah ich ihn. Mit ihr. Sie schritten, eifrig miteinander redend, die Dorfstraße hinab. Sie schienen sich seit gestern schon viel nähergekommen zu sein ...

An diesem Tage war ich wirklich krank. Meine überreizten Nerven gaben nach. Ich lag bis zum Abend mit dumpfem Kopfschmerz auf dem Bett und starrte zur Decke, ohne zu essen und zu trinken. Der Kellner meldete unten, ich sei noch immer unpäßlich. Es war nach mir gefragt worden – sagte er mir, nach Sonnenuntergang – von einer Dame. Von welcher denn? Ich fuhr empor: Nun – von der, mit der ich vorgestern über den See drüben gewesen! Ich lachte zum Erstaunen des Mannes laut auf, um eine törichte, flüchtige Hoffnung ärmer – daß das ein Lebenszeichen von Mara gewesen ...

So ging das nicht weiter. Als wieder am nächsten Morgen warmes Sonnengold mein Zimmer füllte, hatte ich mich wieder in der Hand. Ich war nicht gesonnen, länger tatenlos meinem Nebenbuhler den Vortritt zu lassen. Ich wollte jetzt handeln, ehe er kam. Ich ging, trotz der frühen Stunde, hinüber zu den Damen. Die Jungfer wischte noch Staub im Salon. Ich ließ mich durch sie bei Mara melden. Sie kam gleich wieder zurück. Das gnädige Fräulein bedauerte, mich nicht empfangen zu können. Ich schickte das Kammermädchen hinein mit der Bitte, mir eine Stunde zu bestimmen.

Die Antwort war sofort wieder da: Das sei dem gnädigen Fräulein leider unmöglich!

Ich biß die Zähne zusammen. Ich stürzte davon. Ich gab das Spiel noch nicht verloren. Ich setzte mich in meinem Zimmer hin und schrieb einen Brief. Mein Atem glühte mir über dem Papier. Mein Herzblut strömte mir aus der Feder. Alle Nöte meiner Seele zitterten in den Zeilen. Schluß! Ich atmete tief auf. Ich versiegelte diese Beichte – diese Bitte – dieses Gebet um Gnade und schickte es hinüber.

Ich ging im Zimmer auf und nieder und wartete mit bald stürmendem, bald stockendem Herzschlag, der mir den Atem benahm. Unten vor dem Hotel stand ein Schwarm von Wintersportlern im Schnee. Konstanze unter ihnen. Sie war wie gewöhnlich der Mittelpunkt. Ihr schönes, von dem Sonnenfrost gerötetes Gesicht lachte. Ihre roten Lippen bewegten sich in oberflächlichem Geschwätz. Aber mir war, als ob dabei ihre Augen – diese großen, für mich entzauberten und enträtselten Augen, die mir jetzt kalt, fast drohend vorkamen – flüchtig an den Stockwerken des Hotels entlangglitten und ein Fenster suchten – das Fenster, von dem ich rasch, wie vor dem bösen Blick mich schützend, zurücktrat. Mein Gesicht war so finster, wie ihres mit weißen Zähnen lachte beim Abmarsch mit ihrem lärmenden Wintergefolge. Ich haßte die da unten jetzt. Ich haßte sie ...

Der Platz unten war leer. Es pochte an meine Tür. Der Kellner stand auf der Schwelle. Er trug einen Brief auf einem Teller. Gottlob – er kam nicht mit leeren Händen.

Mara hatte Antwort geschickt.

So rasch? Der Mann war ja kaum zwei Minuten weggewesen. Sie hatte gar keine Zeit gehabt, zu schreiben. Ich faßte mit zitternder Hand nach dem weißen Umschlag. Ich sah einen merkwürdigen, verhaltenen Gesichtsausdruck des wohlgeschulten Kellners, der sich diskret und geräuschlos zurückzog, um nicht Zeuge des Spiels meiner erbleichenden Züge zu sein. In meiner Hand hielt ich meinen eigenen Brief. Sie hatte ihn mir uneröffnet zurückgesandt ... Ich

weiß, daß ich in diesem Augenblick so blind und ungestüm fühlte –
oder vielmehr wollte – wie ein gescheuchtes Wild. Nur Flucht –
Flucht vor den Menschen – vor mir selber – weg – weg – aus diesem
Kerker meines Stolzes – aus diesem Grab meiner Hoffnungen – aus
diesem Fegefeuer meiner Seele in Schnee und Eis – weg – irgend-
wohin ...

Ich nahm mir nicht etwa Zeit, meine Sachen zu packen. Ich zog
mir nur – in unbewußter Hast und Angst vor mir, vor dem Schicksal, vor allem – meine Bergausrüstung über den Leib, griff nach der
Eisaxt und rannte davon, in die weite, weiße Welt draußen und in
die Morgensonne des Engadins hinein.

Damals ging noch nicht die Eisenbahn über den Berninapaß nach Italien. Nur die verschneite Poststraße führte in tiefer Wintereinsamkeit zwischen schweigenden, weiß überschütteten Lärchenwäldern vorbei an stillen, gefrorenen Seen, nahe den letzten Gletscherbrücken hinauf zur Höhe. Anfangs noch Menschennähe. Ein Gehöft. Heißer, würziger Nebel aus dem Kuhstall. Die Herde, gehüllt in die eigenen Dampfwolken, trottend zur Tränke – dem zwischen Eiszapfen sprudelnden Brunnen. Die Post aus Welschland. Zottig trabende Gäulchen. Reisende, wie die Bären in Pelzen, in dem langen, klingelnden Gänsemarsch kleiner offener Schlitten. Vierspännig Lasten von Kohle und Wein auf kreischenden Kufen.

Dann Stille – die große Stille. Das heilige Schweigen der weißen Wildnis. Die heiße Sonne – heißer um Mittag, je höher ich, mit meinem Grimm und Gram im Herzen, die Windungen des Wegs abkürzend, vor den Menschen zum Morteratschgletscher floh. An ihm vorüber. Weiter. Immer weiter. Der scheu kreisende Flug neugieriger Alpendohlen mein einziges Geleit. Stunden um Stunden. Wie gehetzt bergauf. Hinter mir die Furien der Eifersucht, die mich jagten und trieben.

Über die Eifersucht meiner Braut hatte ich gelächelt. Über die Eifersucht meiner Braut hatte ich von hoher Warte aus wie ein Halbgott hinweggesehen. Die Eifersucht meiner Braut hatte mir nicht wehegetan. Jetzt wußte ich erst, was ich ihr zugemutet hatte und was Eifersucht war …

Im Schnee waren von Zeit zu Zeit große Purpurflecken. Es war nicht Blut. Der Spund an einem Faß roten Veltliner Weins auf einem Schlitten mochte nicht ganz dicht gewesen sein. Aber mich dünkte es, als sei das mein eigenes Herzblut. Mein Herz war wund. Mein Herz wollte nicht mehr. Nicht aus Erschöpfung – was waren für einen Gletschermann die fünf, sechs Stunden Anstieg auf dem festen Schnee der Hochstraße – sondern aus bitterem Schmerz. Nun empfand ich zum erstenmal Reue – tiefe Reue –

In Reue der Verzweiflung wandelte sich meine Eifersucht. Ich warf mich lang hin in den kalten, übersonnten Schnee. Ich ballte die Fäuste in den Schnee. Ich vergrub mein verstörtes Gesicht in den Schnee. Ich sprang wieder auf und stürzte weiter. Und blieb wieder stehen und starrte vor mich hin in das Zittern der Luft über dem

Firn – ohne mich zu rühren – eine halbe Stunde und länger – und mir schien alles wieder wie ein Traum. Und es war keiner, und ich schleppte mich matt und müde weiter. Endlich am Nachmittag erreichte ich das Bernina-Hospiz. Ich stieg noch die paar Minuten bis zur Paßhöhe empor.

Die Täler Italiens und der Schweiz verdämmerten schon im Abendgrau. Darüber glühten in langen Reihen, weißgezackt, die Firngipfel vor dem unheimlich blutig auflohenden Himmel. Eisströme wälzten sich viele Stunden weit von ihren schroffen Flanken. Die Gletscher funkelten jetzt nicht blaugrün geschuppt wie im Sommer. Sie schliefen unter dem Schnee. Keine Lawine stäubte und krachte. Alles war so winterstill, daß man die Stille förmlich hörte.

Kehr' um! schrie diese Stimme im Rauschen des erhitzten Blutes in meinem Ohr. Kehr' um! Gib nicht matt verloren, was noch nicht verloren ist! Sei ein Mann! Zwinge deine Braut, sich nicht vor dir zu verschließen – sie täte es nicht, wenn sie ihr Herz nicht immer noch schwach dir gegenüber fühlte –, sondern dir Rede und Antwort zu stehen! Tritt deinem Nebenbuhler gegenüber! Mache deine älteren Rechte geltend! Eile! Eile! Jede Minute ist kostbar!

Aber für heute war es zu spät zur Heimkehr. Ich verbrachte eine endlose, schlaflose Winternacht in dem weltfernen, in einsamem Hochtal verlorenen Berggasthof. Am anderen Morgen ließ ich, sobald das verschlafene Haus wach wurde, anspannen. Bergab ging es rasch. Noch am Vormittag klingelten die Glöckchen meines Schlittens durch das Dorf. Die dampfenden Pferde hielten vor dem Hotel.

Es entsprach meiner Stimmung, daß ich, so wie ich war, in Nagelschuhen, die Mütze in der Hand, unangemeldet, fast ohne das »Herein!« auf mein Anklopfen abzuwarten, in den Salon oben trat, in der Absicht, so eine Aussprache mit Mutter und Tochter zu erzwingen. Aber nur die Mutter war da. Sie empfing mich ohne Überraschung, eisig, höflich. Ich fragte rauh: »Wo ist Mara?«

»Spazieren.«

»Allein?«

»Nein!«

Ich zuckte zusammen. Ich wußte, was das hieß. Ich las es auch in dem kühl abwehrenden Blick von drüben. In den vierundzwanzig Stunden meiner Flucht war das Verhängnis nur weiter seinen Weg gegangen.

Ich sank auf einen Stuhl. Ich hatte Tränen in den Augen. Ich verlor die letzte Fähigkeit, klar zu denken und zu urteilen. Ich war betäubt. Das alles war wie ein Blitz aus diesem ewig blauen Himmel über uns auf mich herniedergefahren. Das alles sah meiner Braut, meiner sanften, weichen, zärtlichen Braut so wenig ähnlich. Ich sprang wieder auf.

»Ist Mara denn verhext?« knirschte ich.

Wäre ich nicht so maßlos aufgeregt gewesen, so wäre mir vielleicht in dieser Stunde die Wahrheit aufgedämmert. Ich hätte begriffen: Ja! Verhext von dieser grauen, weltkundigen Dame mir gegenüber. Mara stand viel zu sehr unter dem Einfluß ihrer Mutter. Das war, während unseres ganzen Brautstandes schon, meine einzige schwarze Wolke an unserem Himmel voller Geigen und meine Sorge für unsere Ehe gewesen.

Der Morteratschgletscher konnte nicht eisiger sein, als Maras Mutter mich anblickte.

»Man könnte dasselbe von Ihnen sagen!«

»Nicht mehr ... Es ist vorbei ... ganz vorbei ...«

»Warum wundert Sie das bei einem anderen Menschen, was Ihnen selbst vor einigen Tagen widerfahren ist?«

»Das ist etwas anderes!«

»Ja – allerdings ist es etwas anderes! Denn Ihnen hatte Mara niemals den geringsten Anlaß zu Ihrem Wankelmut gegeben! Um so gründlicher aber Sie jetzt ihr ...«

Die alte Dame hatte die mitleidlose Schicksalsruhe einer Norne.

Sie fuhr fort: »Sie haben sich Ihr Los selbst bereitet. Ich begreife nicht, wie Sie jetzt darüber klagen können! Sie haben sich Maras Herz entfremdet ...«

»Ich will ja alles tun, um meinen Fehler gutzumachen!«

»Es ist zu spät. Sie haben sie verloren. – Ich muß es Ihnen jetzt offen sagen. Tragen Sie es in Fassung!«

Ich zitterte in allen Fibern und Fasern meiner Seele. Ich ging im Zimmer umher. Ich stieß an die Möbel wie ein Trunkener. Ich ballte die Fäuste. Ich rang nach Atem. Ich stöhnte verzweifelt hervor: »Wenn ich sie verloren habe – kann ich sie doch wiedergewinnen ...«

»... wenn ihr Herz noch frei wäre. Aber das ist es nicht mehr!«

Ich brachte kein Wort mehr heraus. Ich hörte nur die leidenschaftslosen Worte drüben.

»Es ging schnell. Vielleicht – wahrscheinlich sogar – war die bittere Enttäuschung, die Sie ihr bereitet haben, mit der Grund. Mara war völlig gebrochen. Sie fand in dieser wehen Hilflosigkeit einen Menschen, an dem sie sich aufrichtete. In den ersten Tagen mochte es nur Dankbarkeit gewesen sein. Dann Freundschaft. Aber jetzt ist es mehr – scheint es mir – oder weit mehr – vielleicht heute schon – oder morgen – vielleicht eben jetzt ...«

»Und ich ...?«

»Was Sie zu tun haben, das muß Ihnen Ihr eigenes Gefühl eingeben: ... Nichts weiter mehr, als schweigend zurückzutreten und sich zu sagen, daß Sie sich durch eigene Schuld Ihr Lebensglück verscherzt haben! Am besten ist es, Sie reisen bald ab!« schloß die alte Dame. Sie entließ mich mit der Kopfbewegung oder eigentlich nur einem Nicken des Kinns wie eine regierende Fürstin.

Die Hände zitterten mir in meinem Hotelzimmer über dem Krimskrams meines Gepäcks. Ich wollte es in den Koffer legen. Ich wollte im Fahrplan nachsehen, wann ein Zug ginge. Die Zahlen und Zeichen tanzten mir vor den Augen. Ich setzte mich hin. Ich war nicht imstande, den Entschluß zur Abreise zu fassen. Ich mußte bleiben. Ich starrte aus fieberheißen, trockenen Augen vor mich auf den abgetretenen Hotelteppich. Ein Gedanke bohrte sich mir ins Gehirn: Das alles, was du jetzt leidest, das hat Mara schon vorher gelitten – durch deine Schuld. Alles, was du jetzt leidest, ist die Vergeltung. Mara trägt keine Schuld. Sie ist ja nur meine gelehrige Schülerin in der Kunst des Lebens – oder mein armes Opfer. Ich kann ihr keine Vorwürfe machen. Aber er – er – der andere – der sie mir nahm – die Welt stand um mich in Flammen der Eifersucht. Der Himmel glühte mir rot vor Eifersucht – der Schnee vor den Fenstern brannte blutig vor Eifersucht.

Und dabei warten müssen ... warten ... Die beiden waren ja noch unterwegs – sich in Geduld fassen –! Ich! – Ich mußte lachen ... ich ... in diesem roten Rausch von Grimm, Verzweiflung, Eifersucht, in dem ich imstande gewesen wäre ... Ich wagte nicht weiterzudenken! Ich fürchtete mich vor mir selber! Ich schien mir wie ein fremder Mensch, mit dem dunkle Schicksalsmächte spielen.

Draußen auf dem Platz vor dem Hotel, auf den ich geistesabwesend, unfähig, es länger in der Einsamkeit meiner vier Wände auszuhalten, trat – draußen stand dies Schicksal. Lachend, jung, schön, mit glänzenden Augen und geröteten Wangen, ganz in Sportweiß, wie eine weiße Frau, aus dem toten Schnee umher zu Wärme und Leben erwacht. Konstanze schüttelte mir unbefangen die Hand, so, als hätten wir uns gestern abend getrennt und seien nicht drei Tage lang unter demselben Dach voneinander ferngewesen. Sie glaubte an meine Unpäßlichkeit oder tat wenigstens so – zufrieden, daß sie ihre Beute wiederhatte.

»Wie geht es Ihnen?« fragte sie. »Sie sehen noch bleich aus. Die frische Luft wird Ihnen gut tun. Kommen Sie! Es ist keine Zeit zu verlieren. Die Gymkhana auf dem See fängt gleich an. Ich muß auf allgemeinen Wunsch die Preise verteilen!«

Ich ging mit ihr. Willenlos. So wie Mara mit jenem anderen ging. Das war mein einziger klarer Gedanke. Sonst war mir alles wie ein Nebel. In diesem sonnigen Nebel war ein Umtrieb vieler Menschen. Eine kleine Holztribüne ragte, auf der sie saßen, Konstanze als Königin des Festes in der Mitte. Ein Wandelbild wechselnder wollener Männer und Frauen, Schlitten, Pferde. Musik. Gelächter. Beifallsrufe. Händeklatschen. Neugierige Blicke dazwischen, die sich auf Konstanze und mich richteten. Ich fühlte, daß wir in aller Leute Mund waren und daß ihr das recht war, mich öffentlich, vor aller Augen, neben sich zu zeigen. Ich saß an ihrer Seite. Ich? – Nein. Nur der körperliche Mensch, der ich war. Meine Seele schweifte weit weg, suchte zwei andere Menschen auf ihrer freundschaftlichen Wanderung, womöglich Arm in Arm schon, an den durchsonnten, von gebahnten Wegen überzogenen Schneehalden über dem Dorf.

Ich hatte plötzlich die unerklärliche, unbestimmte und doch zwingende Ahnung, daß jetzt eben dort etwas Entscheidendes sich ereignete – daß eine Wandlung in meinem Schicksal und dem der anderen in diesem Augenblick eintrat. Welcher Art – das sagte mir mein Vorgefühl nicht. Aber es litt mich nicht länger hier bei dem Mummenschanz. Ich erhob mich brüsk. Ich verabschiedete mich jäh, vor aller Augen, von meiner Nachbarin. Es war eine öffentliche Absage. Jeder mußte es merken. Sie lächelte und gab mir sitzend die Hand. In ihrem Blick von unten zu mir empor leuchtete etwas auf – grünlich wie bei einer Katze – ein Funkeln. Ich wußte, daß ich, nach dieser öffentlichen Trennung, eine Todfeindin im Leben hatte. Und wieder kam es über mich wie eine Erinnerung aus weiter, endloser Ferne, daß sie nicht zum erstenmal meine Todfeindin war – daß sie mir das schon oft gewesen war – in vielen Leben – und immer mein Schicksal und mein Verhängnis.

Ich hatte jetzt keine Zeit, darüber nachzudenken. Ich eilte blindlings, mit Siebenmeilenstiefeln, in das Dorf zurück, als ob ich da zu irgend etwas zurechtkommen müßte. Und ich kam auch gerade vor das Hotel, als Morris heraustrat. Er mußte inzwischen mit Mara zurückgekommen sein. Seine ernsten, bartlosen Gesichtszüge schienen mir gegen sonst irgendwie verändert. Aber ich konnte mir ihren Ausdruck nicht deuten. Er war fertig zu einer winterlichen Hochtour ausgerüstet, in dicker Kleidung, das Gletscherseil um die Brust gerollt, den prall gefüllten Rucksack über den Schultern. Etwas Brennholz ragte aus dessen verschnürtem Bund, ein Zeichen, daß er in einer winterlichen Klubhütte hoch da oben übernachten wollte. Er gab, in das Haus gewandt, noch irgendeine Weisung – wegen seiner Koffer – ich achtete nicht darauf. Ich stand und wartete auf ihn. Ich war erstaunt, wie unheimlich ruhig, kalt in mir gesammelt, ich, nach der bisherigen Glut und Wut der Eifersucht, plötzlich war.

»Wohin?« fragte ich mit heiserer Kehle.

Er deutete mit der Hand aufwärts in der Richtung gegen Süden in das schneeige Zackengewimmel vom Piz Palü über dem Piz Roseg zum Piz Glüschaint und dem Chapütschin; dort in der wildesten Gletschereinsamkeit ungeheurer, zerrissener Eislabyrinthe rings um die Abstürze des Berninastocks führten schon im Sommer schwierige Hochpässe hinüber nach Italien. Es waren nur ein oder zwei Tagemärsche. Vollmondnächte. Das Wandern jetzt manchmal vielleicht leichter auf dem beinhartgefrorenen Schnee. Die Gletscherspalten überbrückt. Aber es war Januar. Hand in Hand warteten da oben Winter und Tod auf den Wanderer. Man mußte ein Gletschermann sein wie er – oder auch wie ich –, um sich in das Reich des weißen Schreckens zu wagen.

»Das Wetter ist gut. Der Firn ist fest!« sagte er. »Die Nächte sind klar. Besser kann man es nicht treffen! Ich gehe!«

»Sie versprachen doch, mich mitzunehmen!«

»Ich dachte, es sei Ihnen leid geworden!«

»Ich pflege meine Entschlüsse nicht zu ändern!«

»Es hieß auch, Sie seien krank!«

»Sie sehen: Ich bin es nicht mehr!«

Ein langer, seltsamer Blick aus dem braungebrannten, unergründlich verschlossenen Gesicht mir gegenüber.

»Wir Bergsteiger kennen einander. Sie sind nicht in Form. Ich kann es nicht verantworten!«

»Anderthalb Mann sind dort oben immer noch mehr als einer!«

»Nein. Ein halber Mann ist kein Mann!«

Wieder der sonderbare Blick. Er setzte halblaut hinzu: »Bleiben Sie doch hier unten! Es ist für Sie besser!«

Ich begriff nicht, warum er – gerade er – mir das sagte. Ich begriff überhaupt nichts mehr. Ich hatte nur noch mein Ziel vor Augen, mit ihm in die Berge zu gehen – fern von anderen Menschen. Ich versetzte hartnäckig: »Ich halte Sie bei Ihrem Wort!«

»Erlassen Sie es mir! Der Tag ist auch schon vorgerückt. Bis Sie sich fertigmachen ...«

»Ich bin schon soweit ...«

Ja. Ich war zu einem Winterspaziergang auf das Bernina-Hospiz gerüstet. Aber nicht zu einem Kampf auf Tod und Leben mit dem Bernina-Gletscher.

Er schaute mich prüfend an und meinte: »So wie Sie jetzt sind, können Sie nur ein paar Stunden weit in die Berge eindringen. Für die Gletscherpässe reicht es nicht. Dann müssen Sie umkehren!«

Er hatte völlig recht. Das wußte ich. Ich überlegte. Viele Neugierige standen um uns herum und hörten jedes Wort. Schließlich: Was er mir da vorschlug, das genügte mir! Ich nickte: »Gut!« sagte ich. »Ich begleite Sie also nur ein Stück bis auf die unteren Gletscher und trenne mich dann von Ihnen und kehre hierher zurück!«

Er schaute mich unschlüssig an. Es schien ihm nicht recht. Es war, als ob er etwas sagen wollte. Er kämpfte mit sich. Er schob seinen Rucksack zurecht. In dem bewegte sich etwas. Darin hatte er wieder seinen geliebten kleinen Teckel, von dem er sich nicht trennte. Endlich wiederholte er mit einer merkwürdigen Betonung: »Sie sollten jetzt die Berge sein lassen und an anderes denken!«

»Mich treibt es in die Berge!«

»Mich auch!« Wieder lag etwas auf seinen Lippen, das er unterdrückte. Plötzlich wurde er ganz ruhig. »Gut denn! Kommen Sie!«

Und während wir uns auf den Weg machten, sagte er: »Aber wundern Sie sich nicht, wenn ich heute ein sehr schweigsamer und in sich gekehrter Weggefährte bin!«

Und so war es. Er war ja immer wortkarg. Aber diesmal sprach er keine Silbe. Wir waren gegen Mittag aufgebrochen. Stunden um Stunden klang nur das gleichförmige Aufsetzen unserer Eispickel, das Knirschen des Schnees unter unseren Schuhnägeln durch die unendliche weiße Stille. Längst hatten wir die letzten tief im Schnee vergrabenen, jetzt im Winter fast von der Welt abgeschnittenen Häuser hinter uns gelassen und stiegen durch einsame Hochtäler empor. An verlassenen Alpen vorbei. Die Lärchenwälder lichteten sich. Schwanden. Riesenhaft ruhte in seinem Bergkessel der Gletscher. Überstufte sich, steil aufsteigend, in wilden Katarakten von Eisbrüchen. Floß dann wieder feierlich als breiter, sanft geneigter Strom dahin, unter der Schneedecke kaum zu erkennen. Im Sommer wäre dies Spaltengewirr voll fürchterlichster Gefahren gewesen. Jetzt hatte Winterfrost die Schlünde überwölbt. Diese Schneebrücken trugen die Menschenlast. Nur selten einmal, wo unter der weißen Decke allzu breite schwarze Risse in der Unterwelt gähnten, war das wachsame Auge des Bergsteigers vonnöten. Sonst ging es sich hier auf dem körnigen Firn besser als sonst im Sommer in dem Schnee der Bergflanke zur Rechten. Die Eiskruste unter unseren Füßen war jetzt, wo die Dämmerung kam und die Kälte jäh von Minute zu Minute wuchs, so hart, daß Nagelschuh und Bergpickel nicht den geringsten Eindruck auf ihr hinterließen.

»Sie sollten jetzt umkehren!« sagte Morris stehenbleibend.

Es waren die ersten Worte, die er sprach.

Er wollte mich loswerden. Schon die ganze Zeit. Der Vollmond stieg über einem vergoldeten, weißen Schneekamm auf und überblaute das Gletschertal, während die letzten Gipfel hoch am grauenden Himmel noch purpurn verlohten.

Die Welt wurde geisterhaft. Furchtbar in ihrer Einsamkeit, von der ich wußte, daß kein Mensch auf Stunden weit sie mit uns teilte. Ich stellte mich breitbeinig hin. Ich stieß meinen Pickel in das Eis. Es hallte in der Totenstille. Ich sagte aus den Dampfwolken meines Atems heraus, während wir uns, vermummt wie zwei Nordpolfahrer, durch das Gletscherseil miteinander verbunden, gegenüberstanden: »Ich kehre um, wenn ich das Ziel erreicht habe, wegen dessen ich mit Ihnen hier hinaufgestiegen bin.«

Er blieb ganz ruhig. Er stützte sich auf seine Eisaxt. Er fragte: »Die Hütte da oben? Das ist zu weit!«

»Ich will nicht die Hütte erreichen, sondern ein Versprechen von Ihnen erhalten. Nein: einen Schwur.«

»Welchen?«

»... Daß Sie meine Braut heute zum letztenmal für immer in diesem Leben gesehen haben! ... Daß Sie ihr auch nicht schreiben werden! Ihr keine Nachricht je auch durch Dritte geben! Nichts!«

Das Seil verband uns wie zwei Holmkämpfer der nordischen Reckenzeit der Umkreis der Insel. Es berührte den Boden. Denn ich war dicht vor den anderen hingetreten. Ich wußte nicht mehr, was ich tat, was ich sprach. Leidenschaftlich allen Eindrücken des Augenblicks hingegeben, wie ich als Künstler immer gewesen, heißblütig, hitzköpfig, von Glück und Erfolg verwöhnt, war ich jetzt nicht ein Mann wie andere, sondern ein Mensch im Fieber, ein Mensch, der seinen Verstand verloren, ein Mensch, der mit offenen Augen auf diesem Mondscheingletscher hin nachtwandelte. Und so fuhr ich in meiner seelischen Verwirrung fort: »Wenn Sie mir nicht schwören, daß Sie meine Braut heute zum letztenmal gesehen haben ...«

»Dann?«

»... Dann haben Sie sie heute zum letztenmal gesehen!«

»Soll das heißen, daß Sie mich töten wollen?« fragte er innerlich ruhig.

»Wehren Sie sich!« rief ich wild und schwang meinen Eispickel. Die lange, wuchtige Axt mit der breiten Stahlschneide und der scharfen Stahlspitze war eine furchtbare Waffe in der Hand so kräftiger Männer wie wir, die durch das Seil auf Sein und Nichtsein hier inmitten des Spaltengewirrs des Todes aneinandergeknüpft waren. Aber da klirrte seine Eisaxt im Boden. Er hatte sie weggeworfen. Er stand wehrlos vor mir.

»Meinetwegen töten Sie mich,« sagte er gleichgültig, »mir liegt nichts am Leben!«

Alles andere hatte ich eher erwartet, als das. Ich starrte ihn an. Er wiederholte: »Gerade heute liegt mir noch weniger am Leben als sonst! Schlagen Sie zu, wenn Sie nicht anders können!«

Ich schwieg. Er fuhr fort: »Werfen Sie meinen Leichnam in eine Spalte! Sie haben Ort und Zeit gut gewählt! Der Gletscher schweigt.«

Der Pickel in meiner halb erhobenen Hand wurde bleischwer. Ich konnte ihn kaum mehr halten.

»Sie sollen sich wehren!« sagte ich zwischen den Zähnen. Ein Kopfschütteln drüben. Müde. Mir ein Rätsel. Ich knirschte: »Dann sprechen Sie wenigstens ...«

Wieder das Kopfschütteln. Seltsame, bleiche, hoffnungslose Schatten im Mondschein auf seinen Zügen.

»Ich kann nicht ...«

Einen Wehrlosen morden – einen Menschen, der freiwillig seinen Kopf dem Todesstreich hinhielt – mir sank der Arm mit dem Pickel schlaff am Körper nieder. Es war ein schweres Schweigen.

»Kehren Sie jetzt um«, sagte mein Todfeind endlich ruhig. »Kehren Sie in das Tal zurück. Es ist das beste für Sie. Besser, als Sie glauben!«

Er schaute um sich. Wir waren gerade inmitten eines wildgerissenen Gletscherbruchs. Eismänner und Eisjungfrauen glotzten von ihrer Höhe als phantastische Riesensäulen auf uns herab. Morris deutete nach der nahen Bergflanke.

»Es ist zu gefährlich – für Sie, der Sie am Leben hängen – sich hier loszubinden!« sagte er. »Kommen Sie bis dorthin, wo Sie festen Schnee unter den Füßen haben! Der Heimweg ist dort für Sie beschwerlicher, aber sicherer!«

Er stieg, ohne meine Antwort abzuwarten, schräg über die Gletscherwildnis dem Talhang zu. Das Seil straffte sich. Ich folgte ihm. In einer dumpfen Betäubung, aus der allmählich eine neue, kalte, verzweifelte Wut erwuchs. Dieser Mann vor mir hatte mich wiederum geschlagen! Dieser Mann stahl mir meine Braut! Dieser Mann entwaffnete mich. Und ich hatte nicht die Kraft, das Todeswerkzeug in meiner Hand zu erheben und ihn anzuspringen ... von hinten ... nein ... nein ...

Er wandte den Kopf nicht nach mir um. Aber ich merkte, daß er, trotz seiner äußeren Ruhe, nicht minder erregt war als ich. Ich sah es an seinem unregelmäßigen Atem – der sich in der Luft kräuselte. Ich erkannte es daran, daß er, im Bann dieser Stunde, die gewohnte Vorsicht des Bergsteigers außer acht ließ. Er wählte nicht mehr den Weg. Er erzwang ihn sich, geradeaus, wie es kam.

Er hatte von dem Grat eines kleinen Eishügels herab ein paar flüchtige Stufen geschlagen – eigentlich nur Kerben für den Schuhrand in die schräge Glasfläche. Gewiß. Er ging unter mir über den Schnee weiter. Ich stand hinter ihm auf halber Höhe. Der Schnee zu seinen Füßen schimmerte bläulich im hellen Mondlicht. In dessen Schein sah ich plötzlich, was er vorn, ganz nahe, nicht sah: die furchtbare, kaum merkliche, schwache Todeslinie, die sich still im Schnee schlängelte – das Zeichen, daß darunter eine Spalte gähnte ...

Ich wollte anrufen – schreien – im selben Moment knickte er schon vornüber. Sein Knie verschwand. Er selbst war weg, wie in nichts zerflossen. Ich war allein auf dem Gletscher. Ich bekam einen Ruck von unterirdischer Riesenfaust um die Brust. Ich stürzte. Ich glitt am Seil – rasch – rasch – über den glatten Schnee dem Abgrund zu. Die da unten – die schwarzen Mächte – wollten auch mich ...

Ein Krach. Ein Splittern im Eis. Ich hatte mit letzter Kraft den Pickel in den Boden geschlagen. Der Anker hielt. Ich klammerte mich mit beiden Händen an den Schaft. Aber von unten zog der Tod mit aller Macht am Seil. Es schnürte mir die Brust zusammen. Es nahm mir den Atem. Mein Herzschlag stockte.

Ich lag dicht am Rand der Spalte. Es war keine Spalte. Ein mächtiges, wesenloses Nichts, schwarz wie die Hölle, hatte sich aufgetan und gähnte scheußlich zum Himmel empor. Immer noch stürzten dröhnend Schneemassen in den Schlund und verbreiterten die Pforte zur Unterwelt. Ich zählte – bis fünf – bis man den Klatsch der aufschlagenden Masse da unten hörte. Der Abgrund reichte bis in die tiefsten Tiefen des Gletschers. Was er verschlang, das sah nie wieder das Licht der Sonne. Das war auf immer in ewiger Nacht verschwunden.

Und nach mir verlangten sie in der eisigen Hölle da unten! Ungeduldig rissen sie am Seil, ob ich noch nicht bald käme! Hundert – schien mir – gegen einen – gegen mich, dessen Kräfte schwanden. Dessen Besinnung sich trübte. Noch hielt mich mein Wille. Aber wenn der Druck um die Brust mir das Bewußtsein nahm – wenn meine Hände sich vom Stiel der Eisaxt lösten – dann holte mich der schwarze Mann da unten zu sich – dann tötete mich der, den ich hatte töten wollen. – Dann war er wiederum und bis zuletzt der Stärkere – der Sieger von uns beiden ...

Wahrscheinlich hing er, vom Sturz betäubt und von Sinnen, da unten am Seil und wußte gar nicht, was geschah. Aber mir war zumute, als kämpfte ich jetzt mit ihm denjenigen Kampf, den ich freventlich auf dem Gletscher gesucht – den Holmgang auf Tod und Leben, in dem ich leben sollte und er sterben. Ich wollte ja mit ihm streiten, bis einer am Boden lag und der andere sich als Überwinder das Seil vom Leibe löste, das ihn eben so lange mit dem Feind verbunden, als einer von ihnen zuviel auf der Welt gewesen war. Statt dessen umschnürte uns beide jetzt das Seil des Todes und riß uns beide ins Verderben.

Sich von dem Seil lösen – nicht als Sieger – nein – nur sein eigenes Leben zu retten, das sonst mit dem anderen, ohne ihm helfen zu können, verloren war – ich biß die Zähne zusammen. Ich hielt mich, mit letzter, versiegender Kraft, und mit einer Hand am Pickel tastete ich mit der freien Rechten in der Tasche nach meinem Messer, faßte es, klappte es auf, zog es hervor: Ein Schnitt nach dem anderen in den zähen, rot durchwirkten Manilahanf – ich kann nicht mehr – es ist zu spät – meine Finger erlahmen – die Nacht kommt – eine letzte, verzweifelte Kraftanstrengung – ein letzter Schnitt – ein Schnitt durch Leben und Tod ...

Leben ...

Ich lag auf dem Rücken auf dem Gletscher. Über mir glänzten winterklar die ewigen Sterne. Ich wußte, daß ich – eben dem Tod entronnen – in wenigen Minuten einschlafen und erfrieren würde, wenn ich mich nicht erhob. Ich stand langsam auf. Mühsam atmend. Noch immer beengte mir das abgeschnittene Seilstück die Brust. Ich knüpfte es ab und warf es achtlos in den Schlund. Ich konnte den gräßlichen Anblick dieses eisdünstenden Rachens nicht ertragen. Ich wankte davon. Gewann die Seitenmoräne. Den Schnee des festen Bodens. Er war in der Winternacht steinhart gefroren. Er trug meine matten Füße. Hinunter – von diesem Ort des Schreckens – ins Tal.

Allmählich kam ich im Gehen wieder zu mir. Langsam wurde mir klar, was geschehen. Ja – was war geschehen ...?

Das, was ich wollte ... Weswegen ich hierher hinter dem andern in den weißen Kirchhof da oben hinaufgestiegen war. Mein Wille hatte sich in Wirklichkeit verwandelt.

Nicht durch mich! Aber da schrien plötzlich in der Geisterstunde, in der unendlichen Einsamkeit hundert Stimmen in mein Ohr: Kain! Wo ist dein Bruder Abel?

Nein – nicht durch mich! Ich hab' nur getan, was ich tun mußte! Jeder hätte es getan, um nicht auch selbst zum Opfer zu fallen! Und immer furchtbarer die Rufe der Nacht: Was ohne dich geschah – du hast's vollendet! Kain – Kain – wo ist dein Bruder Abel? –

Und nun war auf einmal das würgende Schuldgefühl: Ja – ich bin ein Mörder! Der Zufall der Gletscherspalte war nur der von meinem Willen gedungene Knecht des Schicksals. Und das Letzte – den Schnitt mit dem Messer – überließ das Schicksal meiner Hand.

Ich hastete dahin. Immer wieder schaute ich mich wild um, als seien Verfolger hinter mir. Aber nur mein eigener Mondschatten folgte dunkel wie die Schuld meinen Spuren. Immer von neuem wiederholte ich mir! Sein Leben konntest du nicht mehr retten! Also rettetest du wenigstens dein eigenes. Jeder, der die Berge kennt – jeder, der sich in deine Lage versetzt, wird es begreifen, wenn du es unten im Tal den Menschen meldest ...

... Indem du ihnen erzählst: ich begleitete einen verhaßten Nebenbuhler, meinen Todfeind, auf den Gletscher. Dort ist er spurlos verschwunden. Das Seil ist verschwunden. Der Gletscher schweigt. Zwei gingen aus. Einer kehrt zurück. Was ist dort oben geschehen?

Der Gletscher schweigt. Aber die Menschen werden reden. Beweisen können sie dir nichts. Doch ein Verdacht – ein furchtbarer Verdacht – wird wach werden und nicht mehr schlafen, solang du lebst! Wird dich verfolgen, wo du bist! Wird dich einsam und fremd – scheu gemieden – unter den Menschen machen. Wird dich für immer von Mara trennen – in einem unüberwindlichen Zurückschaudern vor deiner Nähe. Vor der Nähe eines Mörders ...

Ich blieb stehen. »Ich bin doch kein Mörder!« schrie ich in die leichenweiße Nacht hinaus. Ich murmelte vor mich hin, im Weitereilen: Er wäre auch ohne mich in die Gletscherspalte gestürzt. Allein. Ohne Seil. Erst recht ...

Er hätte ohne mich ebenso sein Leben eingebüßt! Und was lag ihm am Leben? Er sagte es ja selbst ... Er wäre ohne Begleiter, ohne Zeugen ebenso dem Tode verfallen gewesen. Ein Sturz in diese

Tiefe ist der Tod – zumal jetzt in der Nacht. Die Finsternis nimmt jeden Ausblick, jede Möglichkeit einer Rettung. Und bis der späte Morgen graut, hat längst der Frost sein Werk getan – wenn dies Werk nicht just schon längst vollendet ist ...

Nein – nein – nein – ich habe keine Schuld an seinem Tod. Ich habe keinen Anteil daran. Es ist so gut, als wäre ich nicht dabei gewesen!

Ja – bist du denn dabei gewesen? Du hättest dich gerade so gut fünf Minuten vorher von ihm trennen können...

Er wäre weiter gegangen. Er wäre ebenso für ewig verschwunden, wie jetzt der Gletscher schweigt...

Wenn die Berge schweigen – warum sollen Menschen reden?

Sprichst du – so lebst du dein Leben lang unter einer schwarzen, schweren Wolke. Ein leerer Luftkreis um dich her. Die Leute drei Schritte dir vom Leibe, von dem die Zungen raunen, daß er aus Eifersucht zum Mörder wurde...

Mörder... Mörder...

Wieder schrien es Firn und Felsen. Ich wehrte zornig den Geisterstimmen mit der Hand durch die Luft: Ich kann nichts dafür, daß er fehltrat... Ich hielt ihn noch minutenlang in der Schwebe – mit äußerster Kraftanstrengung... mit höchster eigener Lebensgefahr...

Aber wer glaubt mir das? Es könnte auch ganz anders gewesen sein? Der Gletscher schweigt...

Aber die Menschen reden, sowie ich rede! Sie reden hinter meinem Rücken. Und aus ihrem Raunen und Raten wächst das, an das zu denken mir schon das Blut erstarren macht: Dieses Geflüster von Ohr zu Ohr, diese scheuen Blicke von den Seiten, dieses plötzliche Stillschweigen bei meinem Nahen rauben mir meine Braut ...

Sie schaudert vor mir zurück – die weiße Seele vor der schwarzen, von düsterem Geheimnis überdunkelten. Sie wird nie ihre Hand dem reichen, an dessen Hand Blut klebt ... um ihretwillen ...

Dann war alles vergebens, was dort oben geschah – nicht durch mich, aber für mich ...

Dann ist auch mein Leben zerstört wie das dort oben ...

Ein reiches künftiges Leben, durch die Liebe geweiht ... durch die Kunst geheiligt ... unnütz geopfert ... denn kein Opfer bringt das Opfer der Berge dort oben wieder zum Leben ...

Nein ... nein ...

Der Mensch in mir hätte sich vielleicht dem Schicksal unterworfen. Der Künstler kaum. Der Liebende nie ...

Warum denn auch? Ich habe mich von ihm getrennt! Er stieg allein die Eishänge empor – bahnte sich, als ich mich noch einmal umdrehte, eben hoch da oben mit geschwungener Axt seine gläserne Sprossenleiter in die gefrorenen Katarakte. Ich ging bergab ... Wie ich da gehe ... zum Tal ... im Schnee ...

Im tiefen ... im endlosen Schnee. Er wurde pulverig. Ein mühsames Waten. Stunde um Stunde. Ich konnte nicht mehr denken. Ich brauchte jeden Nerv des Willens, um dieser Winternacht zu entrinnen.

Die Knie trugen mich kaum mehr. Gottlob – ich war längst zwischen den Wäldern. Da leuchtete durch das Dunkel des Wintermorgens ein Licht. Ein Hahn krähte. Ich wankte dem ersten, in tiefem Schnee verschlafenen Bauernhof zu. Im Kuhstall plätscherte schon die Milch aus den Eutern in die Kübel der Senner. Ich bat, mich ein wenig ausruhen und wärmen zu dürfen. Ich schlief auf einer alten Decke, am Boden neben den Kühen. Als ich erwachte und dankte und gestärkt ins Freie trat, war es draußen hell.

Lag das an meinen Augen? Es war nicht das strahlende Leuchten, der brennende Farbenzweiklang von Blau und Weiß wie sonst. Die Luft schien mir milchig trübe. Ihre eisig belebende Trockenheit fehlte. Sie war feucht und lau. Der Himmel bläßlich-bläulich umnebelt. Die Sonne groß, böse, rötlich verschwimmend wie durch einen Flor. Die sonst harte, kühne, helle Landschaft des Engadins ein Schattenreich, durch das ich den grünen Dächern zuschritt.

Dicht vor dem Dorf kam mir eine Dame auf ihrem Morgenspaziergang entgegen, von einer Freundin und ein paar Herren begleitet.

Ich erkannte sie von weitem an dem elastischen Sportgang. Es war Konstanze. Sie war immer die erste auf den Beinen, und wenn sie nachts bis zwei Uhr getanzt hatte.

Ein Ausweichen war unmöglich. Zu beiden Seiten säumten Schneehügel den schmalen, freigeschaufelten Fußweg. Wir gingen aufeinander zu. Wir waren einander schon ganz nahe. Ich hatte nur den Wunsch, schon an ihr vorüberzusein, so wie an einer plötzlich aufgetauchten Gefahr im Leben – obwohl ich nicht wußte, was da für eine Gefahr sein sollte. Ich redete mir ein: Sie wird natürlich ohne ein Wort an dir vorübergehen, kalt, tödlich beleidigt, nach dem Vorfall bei der Gymkhana vorgestern nachmittag. Sie wird dich vielleicht überhaupt nicht bemerken.

Aber so war sie nicht. Sie verstand, sich zu beherrschen. Sie blieb stehen, blühend, rotwangig, ausgeschlafen, nach einem tüchtigen Frühstück beinahe grausam gesund und jung, und schaute mich neugierig an und lachte mir ins Gesicht: »Sind Sie das, Meister, oder Ihr Geist, der von den Bergen kommt?«

»Ich verstehe nicht«, murmelte ich.

»Na – ich habe noch nie ein Gespenst gesehen! Am wenigsten am hellen Tage. Aber Sie sind eins ... Sie sehen ja aus wie der Tod.«

Ich schwieg. Es ging mir durch den matten, bangen Kopf: Bist du vielleicht der Tod ...? Mein Tod ...? Was weißt du vom Tod ... Vom Tod da oben ...? Und sprichst doch von ihm, als wärst du dabeigewesen ... Sie lachte wieder hell und musterte mich mitleidig wie einen armen Sünder.

»Nein! Wissen Sie, wie Sie aussehen: Wie das verkörperte schlechte Gewissen! Was haben Sie denn angestellt, hm?«

Es sollte ein boshafter Scherz sein und klang wie ein Scherz für die anderen. Für meine Ohren nicht. Aber ich ging darauf ein, um keinen Verdacht zu erwecken. Ich zwang mich zu einem Lächeln. Ich versetzte heiser: »Bitte – verhören Sie mich später! Ich bin jetzt zu müde. Ich will nach Hause.«

Sie beugte sich, auf ihren Stock gestützt, forschend vor. Ihre Augen glänzten.

»Wo kommen Sie denn her? Ich sah Sie doch gestern mit Herrn Morris weggehen!« sagte einer der Herren.

»Wo ist er denn?«

Sollte ich jetzt erwidern: Ich habe das Seil zerschnitten! Er liegt auf dem Grund des Gletschers? Es war der Augenblick der Entscheidung. Nein: Es gab keine Wahl. Ich versetzte: »Morris ist allein weiter in die Berge. Ich habe ihn nur ein Stück weit bis zu den oberen Gletschern begleitet und bin dann umgedreht! Es war von vornherein so ausgemacht..."

Das schöne Gesicht vor mir lächelte. Es war nicht zu erraten, ob über mein Aussehen oder über meine Worte. Mir schien plötzlich in meinem Schuldbewußtsein dieses Lächeln mißtrauisch. Ich wollte jeden Verdacht zerstreuen. Ich ging zu weit...

»Wir verabredeten es in Gegenwart des Hoteliers...« sprach ich hastig, »ich bin auch gar nicht in der vollen Ausrüstung für einen Gipfel. Nicht einmal für einen Gletscherpaß!«

In dieser Sekunde ging eine Veränderung auf Konstanzes Zügen vor. Wenigstens dünkte mich das so. Jedenfalls schloß sie plötzlich halb die Augen, als ob ein Gedanke in ihrem Kopf erwache und sie nicht wolle, daß er sich in ihrem argwöhnischen Blick widerspiegele...

»Sie brauchen sich doch nicht zu entschuldigen!« sagte sie langsam und nach einer Pause mit einer seltsamen Betonung: »Warum denn?«

»Ich antworte ja nur auf Ihre vielen Fragen!« erwiderte ich unwillkürlich so gereizt und heftig, daß die anderen sich verwundert anschauten. Konstanzes Mienen blieben harmlos.

»Ach – ich bin gar nicht so wissensdurstig!« sagte sie, »viel Wissen macht Kopfweh ... Also gehen Sie nur nach Hause und ruhen Sie von Ihren Taten aus ...«

Das war ganz harmlos geredet – so, wie man vom Wetter spricht. Das tat man sonst hier nicht. Denn der Himmel war ja einen Tag so blau wie den anderen. Das Inntal hier und das ferne Niltal, die beiden Sonntagskinder der Wintersonne. Aber jetzt meinte Konstanze, während sie sich verabschiedete: »Das Barometer fällt! Sehen Sie nur den Himmel! Es gibt Sturm!«

Sturm am Himmel – Sturm in der Seele. – Ich stürmte auf das Dorf zu. Vor meinen inneren Augen stand ein unheimliches Bild: Ein kleiner Schneebrocken hoch oben auf dem Grat, den der Schuh des Bergsteigers losgetreten. Der winzige Klumpen tanzte zu Tal. Ballte sich zu einer Kugel. Wurde aus einer weißen Maus zu einem weißen Elefanten. Wuchs zu Hausgröße. Riß halbe Schneehalden mit sich. Verwandelte sich in einen donnernden, stiebenden breiten Strom. Tod dem Tal. So wurde vielleicht aus den paar flüchtigen Worten mit Konstanze die Lawine, die mich unter sich begrub ...

Plötzlich malte sich in mir das alles im Dahinschreiten: Man wird Morris doch vermissen, wenn er Tag um Tag nicht heimkommt. Man wird nach ihm suchen. Man weiß ja, in welcher Richtung er gegangen ist. Die bewährtesten Führer werden aufbrechen. Ihn selbst werden sie niemals finden. Aber die mächtige eingestürzte Schneelast im Spaltengewirr, dieses zum Himmel gähnende Maul der Unterwelt schreit stumm dem Nahenden entgegen, wo er sein Ende fand.

Der Gletscher schweigt ... Nein: Der Gletscher spricht ...

Auf dem Eis sind keine Nägelschrunde meiner Bergschuhe eingeprägt. Aber im körnigen Schnee der Bergflanke dicht daneben, da tauchen an der Stelle, wo ich festen Boden gewonnen, meine Fußstapfen auf, führen zu Tal, erzählen geschwätzig den Bergführern: Ja, er ist dabeigewesen! Hier – wenige hundert Schritte von dem Unglücksort weg – sind ja seine Schritte! Aus dieser Entfernung muß er wenigstens genau gesehen haben, was geschah ...

Und ich hatte eben den Menschen gelassenen Mundes erzählt, Morris und ich seien ohne Zwischenfall mit einem Bergsteiger-Händedruck auf dem Gletscher auseinandergegangen. Einen furchtbareren Verdacht konnte niemand gegen mich wachrufen als mit dieser Aussage. Ich klagte mich selbst an ...

Ich schlug mir mit der Hand an die Stirn. Ich begriff nicht, daß mir das nicht früher eingefallen war. Nun war es zu spät. Ich hatte das Gefühl, als ginge das Schicksal schon seinen Weg. Ich schritt willenlos dahin. Ich stand wie ein Nachtwandler vor dem Hotel.

Dort wurde eben Reisegepäck auf einen Schlitten aufgeladen. Das war nichts Auffallendes. Aber auf dem Koffer lasen meine geistesabwesenden Augen den Namen: »Morris«. Ich sprach es halblaut und dumpf vor mich hin: »Morris« .. Mich durchkältete ein Entsetzen. Wohin gingen denn diese Schiffskoffer und großen und kleinen Handtaschen? Er konnte sich doch nicht seine irdische Habe in das Jenseits nachkommen lassen. Der Portier, der die Verstauung der Gepäckstücke leitete, bemerkte, daß mein Blick an ihnen hing. Er erklärte: »Die Sachen gehen an einen Spediteur in Chur und von dort nach Genua, so daß Herr Morris sie dort vorfindet, wenn er an Bord geht ...«

»An Bord?«

»Nun ja. Herr Morris reist doch mit dem nächsten Schiff nach den Vereinigten Staaten. Er hat sich ganz plötzlich dazu entschlossen. Ich glaube, erst gestern vormittag.«

»Da ging er doch in die Berge ...«

»...und über einen der Hochpässe hinunter nach Italien. Es ist ja ein tollkühnes Unternehmen – allein im Winter. Aber Herr Morris hat ja derlei schon öfters ungestraft ausgeführt...«

»Also kommt er gar nicht mehr hierher zurück?«

»Er hat seine Rechnung bezahlt und sein Zimmer aufgegeben! Herrn Morris sehen wir hier nicht wieder.«

Nein. Den sah kein Auge hier wieder. Das wußte ich. Und auf einmal mehr! Jetzt war es mir klar: Dies da – seine Abreise für immer – seine Fahrt nach Amerika, wo er schon oft gewesen – ein unsteter Weltwanderer wie er –, das war's, was er mir auf dem Gletscher, unter der Drohung meiner geschwungenen Waffe nicht sagen wollte, damit es nicht wie eine Flucht – oder eine Ausflucht und Feigheit erschiene. Und das war es, was er mir, wenn wir beide ruhiger geworden, jenseits des Gletschermeeres auf dem Schneehang gesagt haben würde, hätte ihn nicht zuvor die Unterwelt gerufen...

Der Portier warf einen besorgten Blick nach dem immer mehr sich blaugrau verfärbenden Himmel und tauschte einen zweiten

Augenwink voll Unruhe mit einer Gruppe ernster, schweigsamer Bergführer neben ihm.

»Ich wollte, Herr Morris käme hierher zurück!« sagte er halblaut. »Ich hoffe es immer noch, daß er vielleicht doch bald nach Ihnen umgekehrt ist.«

»Sie wissen, daß wir uns getrennt haben?«

»Ich hörte ja, wie Sie das gestern hier miteinander abmachten. Ich stand ja neben dem Prinzipal – hier – vor der Tür ... –«

Mir wurde wieder leichter ums Herz. Da hatte ich Zeugen. Beweise. Der Portier prüfte wieder die Wolken.

»Aber bald müßte Herr Morris kommen!« versetzte er. »Denn sonst ...«

»Sonst ...?«

»Sie sind sein Freund, Sie kennen die Berge besser als ich. Sie sind ebenso besorgt wie ich. Ich lese es auf Ihrem Gesicht. Wenn Herr Morris von diesem Unwetter in den Gletschern oben überfallen wird, dann müßte er viel Glück haben, daß er mit dem Leben davonkommt.«

Da fielen schon die ersten Flocken. Dichter, immer dichter wurde das Gewimmel. Man sah kaum mehr hundert Schritte weit. Windstöße stöhnten.

»Das macht jetzt ein paar Tage so fort!« sagte der Portier. Ich stieg die Treppe hinauf. Mit mir schritt ein Gedanke: Solch ein Schneefall ist das große Schweigen für immer. In der nächsten Stunde schon sind alle meine Fußstapfen verwischt. Niemand weiß, wie weit ich mit Morris ging. Die weiße Vergessenheit breitet sich über alles. Niemand weiß, wo Morris liegt. Die Gratkämme sind die Wetterscheide. Wenn es ihm gelang, sie vor dem Einbruch des Schneesturms zu erreichen – für einen Bergsteiger wie ihn kein Ding der Unmöglichkeit –, dann ist er jetzt schon drüben im Süden in Sicherheit, schifft sich mit seinem Gepäck in Genua ein. Wer fragt hier nach dem einsamen Mann?

Und kommt, vielleicht nach Monaten oder einem halben Jahr, die Nachricht, daß man ihn irgendwo in der Welt vermißt – nun – dann ist es eben das Natürliche, wobei sich jeder beruhigt, daß er den Naturgewalten zum Opfer fiel. Gerettet ... gerettet ...

Ich betrat mein Zimmer. Mit mir der Gedanke: Und das alles unnötig – daß Morris starb! Er räumte ja mir, seinem Nebenbuhler, freiwillig den Platz. Er hatte sich offenbar für immer von Mara getrennt! Irgend etwas war gestern geschehen – was ihn wegtrieb – in die Gebirge – über das Meer! Da war Licht für mich! Da war Hoffnung. Da war Glück und Leben ...

Da war ein Brief ...

Nein! Nein! Es war keine Sinnestäuschung meiner erschöpften und überreizten Nerven. Da lag ein Brief. Mitten auf dem Tisch. An mich adressiert. Ich kannte die feinen, zarten Schriftzüge. Es war Maras Handschrift.

Wenn ich die Augen schloß und wieder mit stockendem Atem öffnete – war dann der lichte Schein auf dem Schreibtisch verschwunden? ... War er nur das wesenlose Widerspiel meiner Wünsche und meines Willens gewesen? Narrte mich das Schicksal in meiner Not? Nein! Weiß schimmerte da der Umschlag. Die weiße Taube mit dem Ölzweig kam. Ich stürzte vor dem Brief auf die Knie. Ich faltete die zitternden Hände, in denen ich ihn hielt. Ich preßte ihn mit feuchten Augen an die Lippen, ehe ich ihn öffnete. Er enthielt nur wenige Worte:

> »Ich bin in solcher Angst um Dich! Es heißt, Du seiest auf einer gefährlichen Tour, und das Wetter wird so schlecht. Hoffentlich bist Du vernünftig und kommst bald heim. Bitte, komme dann gleich zu mir! Mara.«
>
> Nachschrift: »Ich habe Dich ja so lieb!«

Irgend jemand stürzte draußen im Flur an erstaunten Misses, Reverends und Signori wie ein Verrückter vorüber. Irgend jemand stürzte drüben in den Salon. Irgend jemand stürzte da auf die Knie und barg sein Antlitz schluchzend in weichen Kleiderfalten und fühlte eine leise Hand, die seine Haare streichelte. Und dieser glückselige Mann war ich.

Und dieser glückselige Mann hörte eine sanfte Mädchenstimme: »Ich hab' ja nie aufgehört, dich zu lieben! Ich hätte dir verziehen! Ich weiß ja, wie du bist! Nur ...«

Nur die Mutter ... sie war jetzt nicht da. Sie hütete sich. Aber was geschehen war, das war ihr Werk ...

Küsse. Küsse. Küsse. Und zwischendurch Maras Beichte. »Die Mutter meinte, du müßtest einmal eine Lehre empfangen, noch ehe ich dein werde! Denn dann sei es zu spät! Ich sollte dich mit dem strafen, was du mir an Leid antust ...«

»Mit der Eifersucht ...«

Sie nickte. Tränen der Reue in ihren Kinderaugen.

»Es fiel mir so schwer – so furchtbar schwer. Es war für mich so hart, hart gegen dich zu sein. Aber Mutter meinte dagegen, es sei zu unser beider Bestem ...«

Ein zärtlicher Lockenkopf, der sich zu mir niederbeugte. Weiche Arme, die mich liebevoll umschlossen.

»Glaube mir: Ich habe keinen Augenblick aufgehört, dich zu lieben! Ich hätte es nicht vierundzwanzig Stunden ausgehalten – ohne dich! Ich hätte längst ein Ende gemacht – wenn nicht ...«

»...Ja ... ich weiß es: Wenn deine Mutter nicht gewesen wäre ...«

»... Bis sie selber merkte, daß man nicht mit dem Feuer spielen darf! Gestern! Bis dahin waren ich und er – dein Freund, mit dem du jetzt in die Berge gegangen bist –, bis dahin waren ich und er nur freundschaftlich miteinander – auf Spaziergängen. Erst auf dem Spaziergang gestern vormittag – da merkte ich mit Schrecken, wieviel ich ihm schon war. Da sagte er es mir plötzlich ... Ich hatte bis dahin geglaubt, es sei eine harmlose Spielerei zwischen ihm und mir, wie das ja hier gang und gäbe ist ...«

»Und was hast du ihm geantwortet?«

Reine Kinderaugen blickten auf mich hernieder.

»... daß ich dich liebhabe – nur dich! Und daß ich wieder zu dir zurückwollte ...«

Ich küßte stumm ihre Hände. Meine Tränen fielen darauf.

»... und daß er das nicht dir und keinem Menschen sagen dürfte, weil du es aus meinem Munde hören solltest!«

»Und er?«

»Er war tief erschüttert. Dann nahm er von mir Abschied. Er wollte sofort St. Moritz verlassen auf Nimmerwiederkehr und wieder in die weite Welt hinaus! Nach Amerika, glaube ich! – Und er hat seinen Vorsatz auch gleich ausgeführt! Nicht wahr – er ist doch mit dir weg?«

»Ja. Er ist weg!«

Draußen fielen die Flocken. Sie schütteten nieder. Die Welt wurde ein wehendes Weiß. Die Welt verschwand – so wie jener verschwunden war – da oben – nicht durch mich – was konnte ich dafür, daß er, der Erfahrene, unvorsichtig eine zu schwache Schneebrücke betreten hatte? Er war nicht das erste Opfer der Berge und würde nicht das letzte sein...

Totenstille draußen, ein Tanz der Flocken vor den von Eisblumen überkrusteten Scheiben. Nur zuweilen Peitschengeknall und Schlittenglockenklang. Die Fenster wurden undurchsichtig. Immer enger wurde der Kreis des Lebens. Was atmete, barg sich im kleinen sicheren Raum. Mara und ich. Wir beide. Was brauchten wir sonst noch auf der Welt?

Wären diese Blätter nicht das, was sie sein sollen: die schonungslose Beichte eines Menschen mit seinen Irrungen, die Stimme eines Verstorbenen zu den Ohren derer, die durch ihn leben, seiner Söhne und Enkel, um ihnen manches Rätsel in seinem Erinnerungsbild zu klären – wären diese Schriftzüge nicht die Fibern und Nerven einer bloßgelegten Seele – ich könnte sagen – und es würde wahrscheinlicher klingen –, daß Gewissensbisse mir den Herzensfrieden dieser Tage zernagten. Ich könnte niederschreiben, daß immer wieder die Schattengestalt eines Dritten in der Ecke des Zimmers stand, wenn Mara und ich das Glück des Alleinseins genossen.

Nichts von alledem! Diese Tage hießen Versunkenheit und Vergessen.

Ich gab mich mit halbgeschlossenen Augen dem stillen Zauber dieser tröstenden weißen Stunden hin. Ich träumte den Traum des Lebens. Ich hatte einen schönen Traum ...

Unten im Hotel gähnten die Gäste. Wenn es dunkel wurde, das heißt, wenn es hell wurde und Fluten elektrischen Lichts den Abend zum Tag machten, dann war keine Sorge. Dann wurde nach dem Mittagsmahl getanzt, gespielt, geflirtet. Aber der Tag selbst, wie er im weißen Zwielicht eintönigen Schneetreibens dahindämmerte, war für Sportmenschen, die keinen Sport treiben konnten, eine einzige große Leere.

Eine größere Gesellschaft war, um den Tag totzuschlagen, hinunter nach Chur gefahren. Ich hatte das Gewirtschafte und Gerufe beim Abzug und darunter auch Konstanzes helle, lustige Stimme gehört. Am Abend kamen sie zurück. Ich begegnete Konstanze auf der Treppe. Man konnte sich in dem überfüllten Gasthof, unter das schützende Dach gebannt, nicht vermeiden. Sie tat, als ob wir die besten Freunde wären. Sie reichte mir flüchtig die Hand.

»Eigentlich war es da unten auch langweilig!« berichtete sie, ohne daß ich sie fragte. »Interessante alte Gebäude. Aber damit ist man bald durch. Ich bin durch die Läden gebummelt und hab' Einkäufe gemacht. Schließlich war es so ein Haufen, daß ich ihn lieber dem Spediteur gegeben habe, um sie nach Deutschland zu schicken – wegen der Zollschachereien ...«

Was gingen mich ihre Mitbringsel an? Ich hörte nur halb zu. Sie lief die Treppe empor. Aber nach ein paar Stufen steckte sie den Kopf über das Geländer und rief zu mir hinunter:

»Übrigens, wissen Sie, was ganz merkwürdig ist? Bei dem Spediteur steht immer noch das ganze Gepäck des Herrn Morris. Ich habe es selbst gesehen. Der Spediteur wundert sich auch. Herr Morris wollte ihm sofort von drüben aus Italien telegraphieren, daß er die Koffer nach Genua abschicken sollte. Die kommen ja sonst zum Schiff zu spät!«

Und oben, vom ersten Stock, verkündete sie laut durch das Treppenhaus, gleichgültig, ob Kellner und Gäste es vernahmen:

»Ein gutes Zeichen ist das nicht, daß man seit drei Tagen gar nichts von Herrn Morris hört! Wenn ihm nur kein Unglück zugestoßen ist! ... Sehen Sie ... Sie als Bergsteiger, Sie schweigen auch dazu ...«

Da war wieder das Grauen, das Frösteln. Die unheimliche Erwartung von etwas Kommendem! Ein Lachen. Ein zorniger Ruck in den Schultern: Laßt die Toten ruhen! Ich habe ihn nicht getötet. Mir kann er nichts tun. Ich lebe ...

Was ging mich das alles an? Ich redete es mir ein – ich suchte mich zu überzeugen, daß für mich das Vergangene abgeschlossen sei! Ich wurde eindringlich zu mir selbst: Ich hatte ein Recht, zu schweigen! Jeder Mensch hat das Recht, sich davor zu schützen, daß er schuldlos in den Verdacht eines furchtbaren Verbrechens gerät. Ich ging weiter: Ich hatte sogar die Pflicht, zu schweigen. Gegen Mara, gegen mich, gegen die Menschheit, der ich in meinen Werken noch so viel geben konnte. Wozu alle Blüten und Früchte eines reichen Menschenlebens um des leeren Scheins einer Schuld willen zerstören? Solch ein heroischer, selbstmörderischer Wahnsinn von Wahrheitsliebe war das Opfer nicht wert, das man ihm damit brachte. Es war eine Versündigung am wahren Wert der Dinge.

Das hämmerte ich mir in meinen wieder verworrenen und unruhig gewordenen Kopf. Während ich zu meiner Braut hinüberging, schaute ich zum erstenmal wieder schnell im Dämmern über die Schultern zurück, als würde ich verfolgt, und biß die Lippen zusammen und zwang mich zu einem Lächeln, als ich eintrat und sie mir mit einer Bewegung unendlicher Liebe, vom Stuhl aufspringend, die Arme öffnete. Aber den ganzen Abend kämpfte ich, während ich mit ihr lachte und plauderte, im Untergrund des Bewußtseins mit der übermächtigen Gewissensfrage: Wie kann man zugleich schuldig und unschuldig sein? Wo beginnt meine Schuld? Wo endet sie? Habe ich überhaupt eine Schuld? Habe ich keine ...?

Und während ich Tee trank und der Schwiegermutter kühlen Respekt erwies, richtete in mir die innere Stimme: Deine einzige Schuld ist, daß du aus Menschenfurcht schweigst!

Ja! Denn mir bangte vor der viel zu weit wie eine Lawine rollenden und mich begrabenden falschen Wirkung meiner Worte auf die Menschen. Es gab nur einen Menschen, dem ich es beichten durfte: meiner Braut, die zärtlich, heiter, ahnungslos an meiner Seite saß. Wiederum unnütz durch den Hauch meines Mundes mein Glück zerblasen wie eine bunte Seifenkugel in der Luft – ich konnte es nicht! Wir waren drei Mitwisser: der Gletscher, Morris und ich. Der Gletscher schwieg, Morris schwieg. Also schwieg auch ich ...

Ich küßte meine Braut und wünschte ihr gute Nacht. Ich ging noch einmal in die Halle hinunter. Sie war voll von Gästen. Weißgepuderte Schultern. Funkelnder Schmuck. Bunte Farben und schwarze Röcke.

Mein Auge fiel auf eine Gruppe. Immer mehr Damen und Herren gesellten sich ihr neugierig zu. Es war schon ein großer Kreis von gespannten Gesichtern um Konstanze, die, lebhaft wie immer, etwas erzählte oder erklärte. Ich hörte, wie sie ihre Stimme erhob: »Also – kurz und gut: Sowie sich das Wetter wieder aufhellt – und das Barometer klettert ja seit ein paar Stunden, was es kann –, müssen die Nachforschungen begonnen werden, was aus Herrn Morris geworden ist.«

Ein Nicken der Zustimmung da und dort. Sie fuhr fort: »Es muß dann sofort eine Expedition abgehen! Und es wäre nicht recht, wenn die Bergführer und anderen Leute von Beruf das umsonst tun sollten, wozu diese wackeren Männer ja gewiß bereit wären! Nein! Es müssen Mittel für diese Expedition vorhanden sein!«

»Wer soll diese Mittel denn aufbringen?« fragte jemand.

»Ich!« sagte Konstanze eifrig.

»Und wer soll diese Expedition begleiten?«

»Ich!« wiederholte Konstanze.

»Da hinauf in Schnee und Eis?«

»Ich bin Schnee und Eis gewöhnt!«

»Glauben Sie nicht, daß der Aufstieg vergeblich ist, weil der Schneefall alle Spuren verwischt hat?«

»Nun – dann hat man wenigstens das Menschenmögliche getan. Sowie die Sonne wieder am Himmel bleibt, breche ich auf!«

Ich weiß, daß ich in dieser Nacht ein Mondscheinwandler war, als der abnehmende Mond herauskam – in dunkler Stunde.

Es trieb mich hinaus in die Nacht. In die Berge. Es – ja – wer ist dies »Es«? Gott? Ich? Schicksal? Irgendeine Macht über den Men-

schen, die den Mörder geheimnisvoll an den Ort seiner Tat zurück-
drängt – zurückzwängt ...

Tat? ... Mörder? Es war nicht meine Tat! Ich war kein Mörder.
Und doch – ich mußte hin! Vor den anderen! Als der erste nach dem
Sturz. Zu sehen, was da war! Zu sehen, daß es nichts zu sehen gab!

Was war da Auffallendes daran? Nichts! Ich war der letzte, der
den Verunglückten gesehen und gesprochen. Ich war der erste, der
ihn suchte.

Das hinterließ ich in dem noch nicht erwachten Hotel und in ein
paar Zeilen an meine Braut. Die Nacht, in die ich hinaustrat, war
eisig. Klar und sternenhell. Schon am Abend vorher hatte das Flo-
ckentreiben aufgehört. Der Schnee war gefroren. Die Skier glitten.
Dann der Aufstieg. Dann, schon im Tageslicht, das Reich der über-
schneiten Gletscherbrücke.

Schnee – lieber Schnee – du hast gewiß alles in dein weiches Weiß
gebettet – auch jenes riesige, schwarze, unergründliche Auge – jenes
Loch in der Gletscherbrücke, aus dem die geöffnete Unterwelt blick-
te. Der Gletscher schweigt ...

Nein! Der Gletscher spricht! Er spricht noch immer. Meine ver-
störten Augen schauten in der weißen Wirrnis immer noch den
großen, finsteren schwarzen Flecken, der durch das Todesschwei-
gen schrie: Hier geschah's! Hier geschah's! Drei Tage Schneefall
hatten den fürchterlichen Schlund noch nicht zu schließen ver-
mocht.

Mit äußerster Vorsicht näherte ich mich seinem Rand. Ich hörte
das Hämmern meines Herzens in der Stille. Ich beruhigte mich
selbst. Ich sagte mir: Haushoch haben jedenfalls diese Schneelasten
vom Himmel den Grund des offenen Grabes gefüllt. Was unter
ihnen verschüttet ruht, bleibt jedem Menschenauge verborgen.

In kalter Zuversicht, als der Sieger im Kampf mit der mich um-
windenden und würgenden Schlange des Schicksals, beugte ich
mich über den Abgrund. Schaute in die dämmernde Tiefe. Das Blut
gerann mir in den Adern ...

Da unten, kaum ein paar Meter unter meinen Füßen, war ein
kleiner, zernagter Eisvorsprung. An dem hing ein dickbereiftes

Stück Gletscherseil. Das Ende Seil, das ich mir vom Leib gelöst und achtlos in die Tiefe nachgeworfen hatte! Wart' ein bißchen ... die schmale Eiskante hatte den Fall des Hanfs gehemmt. Da hing es und harrte. An seinem einen Ende war der Messerschnitt, der alles verriet, was geschehen ...

Es herausholen! ... Schnell! Schnell! Ich warf mich auf den Schnee. Ich streckte den Arm mit dem fischenden Eispickel aus, soweit ich konnte. Kein Gedanke, das Ding drunten zu erreichen! Andere Hilfsmittel hatte ich nicht bei mir! Was hätte ich auch tun können? – Ein einzelner Mann! Die, die nach mir kamen, die jetzt schon hinter mir auf dem Weg waren, die wußten sich Rats. Die waren zahlreich. Die ließen einen der Ihren am Seil hinunter und bargen die Beute ...

Ich lachte hell auf. Allerhand Geisterstimmen lachten im Echo mit. Ich stapfte davon. Ich floh zu Tal. In blinder Hast. Mit keuchendem Atem, obwohl ich mir selber sagte: Laß dir Zeit! Dem Schicksal entrinnst du doch nicht! Du bist verloren ...

Dann, als ich unten in den Wäldern war – ungesehen hinter einem verschneiten Arvendickicht –, da stieg im Gänsemarsch die Expedition bergaufwärts. In der Mitte, in ihrer Vermummung mit einem schlanken Jüngling zu verwechseln, Konstanze. Sie sprach erregt mit ihrem bärtigen Vordermann. Forschende Blicke prüften meine Spur im Schnee. Ein Schütteln der wetterbraunen Köpfe schien zu fragen, wer da heute schon gegangen ...

Wie dieser strahlendblaue, sonnengoldene Tag im lustigen Treiben buntbewegter Menschlein auf weißem Schnee mir verging – vor meiner Erinnerung ballt sich ein Nebel. Ich entsinne mich nur, daß ein Mann, der äußerlich mir glich, umherging und sprach und lächelte, wie andere Leute – daß er liebevoll seiner Braut Blumen brachte – die stumme, bange, unbestimmte Besorgnis, als ob ich doch ein anderer als sonst sei, von ihren guten Augen wegküßte – ich entsinne mich, daß diesem Mann zumute war wie einem zum Tode Verurteilten am Tage vor seiner Hinrichtung. Jene unerforschliche, das Menschenhirn sprengende Vorstellung: Morgen um diese Zeit wird alles sein wie heute. Die Sonne wird scheinen. Die Menschen werden leben, lieben, hassen, werken, feiern. Nur du bist nicht mehr da.

Wenn du nicht mehr da bist, dann ist überhaupt nichts mehr da. Wenigstens für dich. Also warst du die Welt, und mit dir erlosch die Welt – diese wesenlose Widerspiegelung deines Innern. Außer ihm war nichts. Umgekehrt wie im Leben währt der Traum des Lebens, solange du wachst, und schwindet, wenn du einschläfst. Wer löste das ewige Rätsel? Bis zum letzten Augenblick hofft der Verurteilte auf Gnade. Den ganzen Tag hindurch hoffte mein Herz auf ein Zeichen des Himmels. Baute auf die Rettung der waltenden Allmacht da oben gegen den Justizmord des Schicksals an einem, der nicht schuldig war und gegen den doch jetzt alles sprach. Bis zum Abend wartete ich auf ein Wunder ...

Der Abend kam. Rosenrot, purpurn, kupferglühend, dunkel leuchteten von dem blaßblau und lichtgrün und silbergrau sich tönenden Himmel die Brandfackeln der Firngipfel zu Tal, als wollte mir die Natur noch einmal ihre von mir so oft schwach auf farbiger Leinwand nachgeschaffene Schönheit zeigen, ehe das Schicksal kam.

Das Schicksal war da. Konstanze stand vor mir, noch in den dicken Winterhüllen, wie sie vom Gletscher zurückgekehrt. Jetzt, Auge in Auge mit ihr beschlich mich wieder das längst verflogene Ahnen aus ferner Zeit und längst vergangenen Tagen, das mich bei ihrem ersten Anblick überfallen: daß wir beide schon einmal etwas Furchtbares miteinander durchlebt hatten. Nein – daß ich etwas Furchtbares durchlebt hatte durch sie. So wie jetzt. In der Wiederkehr der Dinge.

Aber auf ihren verschleierten Zügen wohnte eine sonst ungewohnte Weichheit. Bebte ein ihrer frischen, beinahe grausamen Gesundheit fremdes Bangen.

»Sie sind in Gefahr!« sagte sie halblaut mit erstickter Stimme. »In einer viel größeren, als Sie ahnen!«

Ich schwieg. Sie flüsterte nur noch.

»Ich habe das Stück Seil! Ich habe es keinem anderen hier unten noch gezeigt. Ich habe es sofort an mich genommen! ... Die Messerschnitte sind zum Glück unsicher geführt ...«

Zum Glück? Aus ihrem Mund? Ihr Mund sprach weiter: »Die Messerschnitte sind nicht auf den ersten Blick als solche zu erkennen, außer, wenn man, wie ich, weiß, daß es welche sind! Sonst erst nach genauerer Untersuchung. Morgen. Hier unten!«

Ich blieb stumm. Sie fuhr gedämpft fort: »Wenn man über Nacht Zeit hat, kann man leicht das Werg an dem Schnittende so zerzupfen und lockern, daß es täuschend wie ein Riß aussieht!"

Rettung? Noch einmal Rettung? Wieder ihre raunende Stimme: »Nichts bleibt an Ihnen haften als die Notlüge, Sie seien schon vorher umgekehrt ... Die verzeiht man Ihnen in Anbetracht der Umstände ... Man begreift, daß Sie nicht selbst den naheliegenden Verdacht auf sich wälzen wollten ... Er war doch Ihr Nebenbuhler ...«

In ihren Augen glänzte, während sie das sagte, eine merkwürdige Selbstverständlichkeit, daß man um Liebe willen freveln, töten, alles tun dürfe. Ich hatte das Gefühl, daß sie imstande gewesen wäre, so zu handeln, wie sie mir vorwarf. Ich versetzte mühsam: »Morris ist von selber durch Unvorsichtigkeit in die Spalte gestürzt!«

»Und durch den Sturz riß das Seil. Es war hartgefroren und scheuerte sich an der messerscharfen Eiskante durch!« Sie nickte eifrig, als seien wir Gefährten! »Man muß es glauben! Man wird es glauben! Es ist ja eine altbekannte Tatsache: Die größten Bergsteiger sind immer gerade an den ungefährlichsten Stellen verunglückt!«

Ich fand keine Erwiderung. Sie murmelte: »Man wird sich mit Ihrer Erklärung zufriedengeben müssen! Man wird nicht weiter forschen, wenn man nicht weiter forschen kann! Ich werde Sie retten! Aber Sie müssen mir unbedingt vertrauen! Ganz und in allem!«

Jetzt erkannte ich, was der Preis für ihre Hilfe war.

»Das heißt: Ich soll meine Braut zum zweitenmal um Ihretwillen verraten?« sagte ich. Sie schaute mich grausam und hart an, als setzte sie im Geist schon den Fuß auf den Nacken der Nebenbuhlerin. Nun wußte ich, daß mich zwei Frauen liebten – nicht wie Tizians Frauen mit himmlischer und irdischer, sondern mit himmlischer und höllischer Liebe. Ich wiederholte, da sie, ihres Sieges sicher, mit einem kaum merkbaren Lächeln schwieg: »Sie meinen, man sühnt den Mord an einem Menschen am besten dadurch, daß man ein Verbrechen an dem Menschen begeht, den man am meisten auf der Welt liebt!«

»Wie wollen Sie anders Ihr Leben retten?«

»Also lassen Sie mich sterben«, sagte ich. »Aus Liebe zu meiner Braut!«

Ich ging weg. Ich ging zu Mara. Ich war ruhig geworden. Nun erfuhr sie von mir alles ...

Ich erzählte es ihr mit ganz alltäglichen, kurzen, beinahe trockenen Worten. Und doch war das eine jener Stunden, von Mensch zu Mensch, in denen Gottes weite Welt um uns winzig wird gegenüber der geöffneten Unendlichkeit unseres Innern und der Erdball tief unter uns irgendwo schwebt, eine kleine Kugel im leeren Raum. Als ich geendet hatte, dämmerte es draußen von nahender Nacht, und ich war müde. Ich küßte meine Braut.

»Ich will nun schlafen gehen!« sagte ich.

Wer leichtgekleidet, wie ich war, jetzt in der Dunkelheit in die Bergwildnis hinaufstieg, den lullte bald die Kälte ein. Er setzte sich irgendwo hin in eine Nische von Schnee. Er schlief ein und erwachte nicht mehr. Es war ein schmerzloses Hinübergehen in das andere Land.

Sie verstand, was ich meinte. Sie stand auf und sagte nur: »Ich gehe mit dir!«

Das war der Augenblick, von dem ab wir beide, sie und ich, nur noch ein einziger Mensch waren – eins und doppelt, wie jenes Sinnbild der Schöpfung, jenes Baumblatt des Ostens – aneinandergewachsen durch den Tod für das Leben – und so sind wir geblieben, ein halbes Leben lang bis heute ...

Denn der Tod wollte uns nicht, eben weil wir ihn wollten. Wählerisch und wahllos ist der Tod. Wir hatten das Haus verlassen. Wir schritten eilig, stumm, als fürchteten wir, zu spät zu irgend etwas Großem, nie Erlebtem zu kommen, die Straße entlang. Wir suchten die nächsten Nebengassen. Niemand sollte uns mehr sehen. Niemand uns folgen. Aber da waren Leute. Hinter uns. Vor uns. Überall. Die Behörden wußten noch von nichts. Aber ein Gerücht war durch die Luft von Dorf zu Dorf geflogen, wie ein Brandfunken im Föhn. Einheimische standen um uns. Wintergäste schritten unschlüssig neben uns her. Touristen – es schienen Bekannte von Morris zu sein – traten uns in den Weg.

»Sie werden nicht abreisen,« sagte der eine zu mir, »ehe Sie sich vor der Obrigkeit verantwortet haben!«

»... wenn Sie es können«, rief eine zweite Stimme.

Eine dritte: »Sie können es nicht!«

»Ihr Gesichtsausdruck zeigt es ...«

»Und die Miene der Dame, die Sie begleitet ...«

»Sie beide wissen mehr als wir ...«

»... und werden es jetzt den Behörden offenbaren müssen!«

In meinen Ohren klangen die halblauten, drohend verhaltenen Stimmen. Der eine von Morris' Freunden schaute mir fest ins Auge. Er sagte bestimmt und gedämpft: »Gestehen Sie: Sie haben Morris ermordet!«

»Nein!«

»Alles deutet darauf hin!«

»Nein! Nein!«

»Alles spricht gegen Sie!«

»Nein! Nein! Nein!«

»Ihr Leugnen wird Ihnen nichts nützen! Der Verdacht ist zu stark!«

»Verdacht? Wir haben den Beweis ...«

»... daß Morris durch Ihre Hand starb!«

»Morris ist tot und wird doch gegen Sie zeugen ...!«

»Morris ... ist ... tot ...?« sprach plötzlich leise, zweifelnd eine ganz fremde Stimme irgendwoher von dem Hintergrund aus der Menge. Es schien eine Frauenstimme zu sein. Ich weiß nicht, wem sie gehörte. Ich habe sie nie vorher, nie nachher vernommen ...

»Wer zweifelt daran?«

»Ich! ...« sagte wieder die geheimnisvolle Stimme.

»Warum?«

Und abermals die Stimme der Unsichtbaren: »Weil er dort kommt ...«

Es war keine Bewegung unter den Menschen umher. Es war eine Lähmung. Nur alle Augen wandten sich langsam, weitaufgerissen nach der nebelgrauen Schneefläche zur Rechten. Durch die führte ein schmal ausgetretener Pfad. Auf dieser Furche von vereisten Fußspuren schritt im Abendzwielicht ein Mann heran. Er hatte sich von Morris Gesicht, Gestalt und Ansehen geborgt.

In der Fata Morgana der Wüste malt sich in den Augen aller Menschen – Männer und Frauen – weißer und farbiger – auf rätselhafte Weise genau das gleiche Spukbild. So erschien auch hier allen, die da standen, dieser aus den Schatten der Luft gewachsene Bergsteiger als der tote Morris – nur daß die braunen, bartlosen Züge bleicher waren als sonst.

»Da bin ich wieder!« sagte er in das atemlose, ungläubige Schweigen. Eine vor Erregung stockende Stimme hinterher: »Sie ... sind nicht verunglückt ...«

»Doch. Ich trat fehl und stürzte in die Gletscherspalte ...«

»Ich stürzte ... nicht: ich wurde hineingestürzt.« – Es ging eine tiefe Bewegung durch die Menschen umher.

»Sind Sie es selbst oder Ihr Geist?«

»Warum nicht ich selbst?«

»Es ist keinem Menschen möglich, durch das Labyrinth der Gletscherspalten, nachts in der Finsternis, tief unten einen etwa vorhandenen Ausweg ins Freie zu finden!«

»Einem Menschen nicht!«

»Wem? Gott?«

»Ja.«

»Wie?«

»Durch seine Kreatur.«

Aus dem Rucksack, den Morris trug, schnopperte ein spitzes, nasses, schwarzes Hundeschnäuzchen. Zwei schwarze Augen guckten neugierig in die Welt, wohlwollend auf die Menschen. Kein Hund hat solch einen treuherzigen Gesichtsausdruck wie der Teckel. Morris holte seinen Kameraden aus dem Sack und stellte ihn auf den Boden auf seine vier krummen Beine.

»Dem kleinen Kerl hatte der Sturz nichts geschadet!« sagte er. »Er war gleich wieder munter. In unterirdischen Klüften weiß ein Dachshund Bescheid. Das ist ja sein Daseinszweck. Sein Instinkt weist ihm auch im Dunkel den Weg. Und den Weg zeigte er mir!«

»Sie konnten doch nicht die Hand vor den Augen sehen!«

»... aber sein Winseln hören!« sagte Morris. »Mit dem Gewinsel kam er geschäftig zu mir zurück, wenn ich mich verirrte und falsch tappte. Ich zwängte mich durch. Ich kroch. Ich half mit dem Pickel nach. Endlich sah ich ein fernes Dämmern und erreichte den Schlund der Seitenmoränen und arbeitete mich hinauf und seilte den Hund hinter her.«

»Aber das war ja schon vor langen Tagen ...«

»Ich war zu Tode erschöpft. Mit Müh und Not erreichte ich noch die erste menschliche Behausung. Kurz, ehe ich dort ankam, war ein anderer Bergsteiger, der da ein paar Stunden im Kuhstall gerastet hatte, aufgebrochen. Hätte ich ihn noch getroffen, so hätte ich ihm Botschaft mitgegeben.«

Sein Blick zu mir hinüber sagte: Das warst du! Er fuhr fort: »So hielt mich der Schneesturm dort drei Tage von der Welt abgeschnitten, fest. Heute machte ich mich auf den Weg. Es ging langsamer als sonst. Ich spüre den Sturz noch in allen Knochen ...«

Ein Schweigen nach seinen Worten. Dann sagte einer: »Gott sei Dank ...«

»So ist alles aufgeklärt!«

»Nein!«

Da war eine Hand. Die hielt das in stufenweisen Kerben abgekappte Ende eines Seils. Die hielt mein Todesurteil hoch und zeigte es der Menge. Ich hörte an meinem Ohr eine helle, kalte, schonungslose Stimme des Jüngsten Gerichts:

»Es war kein Sturz, bei dem das Seil riß! Dies Seil ist von Menschenhand zerschnitten!«

Morris sah erst Konstanze an. Dann uns. Wir bebten unter seinem unerforschlichen Blick.

»Gewiß!« sagte er ruhig. »Sollte ich hilflos zwischen Himmel und Erde hängenbleiben? Emporziehen konnte mich der einzelne Mann dort oben nicht! Also zerschnitt ich lieber selbst mit eigener Hand das Seil und ließ mich auf gut Glück in die Tiefe fallen, um mich vielleicht noch zu retten ...«

Um uns zu retten ... Morris warf keinen Blick mehr auf uns. Er bückte sich und steckte seinen Teckel wieder in den Rucksack. Er grüßte die Umstehenden und ging in der Richtung nach dem Bahnhof zu. Dort unten stand schon der Zug nach Chur hinunter und hinaus in die Welt.

Er ging. Auf Nimmer- und Nimmerwiedersehen. Er ließ in mir den Menschen hinter sich. der ich durch ihn geworden und seitdem geblieben bin an der Seite meiner lieben Frau. Es gibt eine nüchterne und lehrhafte Fabel von den drei Ringen. Ich kenne einen besseren Spruch auf einem Ring, den Goethes Hand geweiht hat. Er lautet: Alles um Liebe ...

Über tredition

Eigenes Buch veröffentlichen

tredition wurde 2006 in Hamburg gegründet und hat seither mehrere tausend Buchtitel veröffentlicht. Autoren veröffentlichen in wenigen leichten Schritten gedruckte Bücher, e-Books und audio-Books. tredition hat das Ziel, die beste und fairste Veröffentlichungsmöglichkeit für Autoren zu bieten.

tredition wurde mit der Erkenntnis gegründet, dass nur etwa jedes 200. bei Verlagen eingereichte Manuskript veröffentlicht wird. Dabei hat jedes Buch seinen Markt, also seine Leser. tredition sorgt dafür, dass für jedes Buch die Leserschaft auch erreicht wird.

Im einzigartigen Literatur-Netzwerk von tredition bieten zahlreiche Literatur-Partner (das sind Lektoren, Übersetzer, Hörbuchsprecher und Illustratoren) ihre Dienstleistung an, um Manuskripte zu verbessern oder die Vielfalt zu erhöhen. Autoren vereinbaren direkt mit den Literatur-Partnern die Konditionen ihrer Zusammenarbeit und partizipieren gemeinsam am Erfolg des Buches.

Das gesamte Verlagsprogramm von tredition ist bei allen stationären Buchhandlungen und Online-Buchhändlern wie z. B. Amazon erhältlich. e-Books stehen bei den führenden Online-Portalen (z. B. iBookstore von Apple oder Kindle von Amazon) zum Verkauf.

Einfach leicht ein Buch veröffentlichen: **www.tredition.de**

Eigene Buchreihe oder eigenen Verlag gründen

Seit 2009 bietet tredition sein Verlagskonzept auch als sogenanntes "White-Label" an. Das bedeutet, dass andere Unternehmen, Institutionen und Personen risikofrei und unkompliziert selbst zum Herausgeber von Büchern und Buchreihen unter eigener Marke werden können. tredition übernimmt dabei das komplette Herstellungs- und Distributionsrisiko.

Zahlreiche Zeitschriften-, Zeitungs- und Buchverlage, Universitäten, Forschungseinrichtungen u.v.m. nutzen diese Dienstleistung von tredition, um unter eigener Marke ohne Risiko Bücher zu verlegen.

Alle Informationen im Internet: **www.tredition.de/fuer-verlage**

tredition wurde mit mehreren Innovationspreisen ausgezeichnet, u. a. mit dem Webfuture Award und dem Innovationspreis der Buch Digitale.

tredition ist Mitglied im Börsenverein des Deutschen Buchhandels.

Dieses Werk elektronisch lesen

Dieses Werk ist Teil der Gutenberg-DE Edition DVD. Diese enthält das komplette Archiv des Projekt Gutenberg-DE. Die DVD ist im Internet erhältlich auf **http://gutenbergshop.abc.de**

Zeitfracht Medien GmbH
Ferdinand-Jühlke-Straße 7
99095 Erfurt, Deutschland
produktsicherheit@kolibri360.de